KB158337

출소를 꿈꾸다

출소를 꿈꾸다

지은이 | 권분자
발행인 | 신중현

초판 발행 | 2021년 10월 20일

펴낸곳 | 도서출판 학이사
출판등록 | 제25100-2005-28호

대구광역시 달서구 문화회관11안길 22-1(장동)
전화_(053) 554-3431, 3432   팩시밀리_(053) 554-3433
홈페이지_http://www.학이사.kr
이메일_hes3431@naver.com

ⓒ 2021, 권분자
이 책은 저작권법에 따라 보호받는 저작물이므로 무단복제를 금합
니다. 내용의 전부 또는 일부를 이용하려면 반드시 저작권자와 학
이사의 서면 동의를 받아야 합니다.

ISBN _ 979-11-5854-323-5 03810

출소를
꿈꾸다

권분자 소설집

學而思 | 학이사

변명을 궁리하다

폭염의 도시, 가파른 금속판 담장 위로도 담쟁이들은 기어오른다. 장마가 끝나자 헤엄치는 지느러미들이 공중을 장악했다. 도달의 높이와 넓이를 재기 위해 온갖 과장된 제스처를 분출하는 그들처럼 나도 답답한 현실로부터 탈출을 꿈꾸고 싶었다.

상상도 디지털로 바꾸면 당신의 궁금함을 얼마만큼 해소시킬 수 있을까. 상상을 뭉쳐놓은 것 같은 내 글을 상징으로 바꾸어 놓으려는 일련의 시도가, 당신에겐 사색을 위해 놓아둔 징검다리가 되기를 기도해 본다.

높은 햇살과 깊은 그늘, 그 양면성에 빠르게 접속하던 나는 의존성 망각에 밑줄을 긋는다. 신비주의를 고수하거나 은둔자가 아니라고 굳이 아우성치지 않았을 뿐, 비 맞은 듯 중얼거림의 문장을 한 권의 책으로 묶는다.

　바람 속으로의 활보를 꿈꾸는 당신을 위해 여름 한가운데서 더 귀 예민해진 담쟁이들이 수신한 소문이 초라하지 않았으면 좋겠다.

2021년 10월
팔공산 자락에서 권분자

차례

출소出所를
꿈꾸다

봄으로

          도시를 등지고 돌아앉은 단층 아파트에는 철썩거리는 파도 소리와 노인들뿐이었다. 구석진 곳에 외따로 떨어져있어 아파트는 더 을씨년스러웠다. 허름한 이 아파트의 게시판에는 매매와 전세 전단지가 얼룩지고 찢어진 채 바람에 나부끼고 있었다. 겨울밤, 아파트의 불 켜진 칸칸의 창가에는 노인들이 어른거렸다. 휙- 칼바람이 지나가자 창문들이 일제히 쿨룩! 기침하듯 덜컹거렸다.

  오늘처럼 바람이 심하게 부는 날이면 노인들은 천식의 기침 소리로 서로의 무사 안부를 알리곤 했다. 젊어서는 만난 적 없는 인연들이 흐르고 흐르다가 막다른 곳으로 모여든, 말하자면 부표, 플라스틱, 스티로폼, 나무막대기처럼 온전한 것에서부터 쓸모를 잃고 떨어져 나온 노년이었다. 아무도 거들떠보지 않는 늙음이 모여서 흠! 흠! 헛기침을 했다.

그들은 자신의 처지가 어떻든 간에 여봐란듯이 각자의 경험과 내공을 꺼내놓고, 얼마나 깊은 감흥을 토해내는지를 서로에게 시험試驗하곤 했다. 그래서일까. 이곳 노인들은 상대방의 심중을 들여다보며 그의 아픔이 어디에서 비롯되었는지, 지금은 또 무슨 일로 속이 헤집어지고 있는지, 또는 언제쯤 낯선 슬픔이 찾아와 속을 긁어댈지를 족집게처럼 집어냈다.

그들의 꿰뚫어보기와 분별력은 다채로웠다. 수십 개의 가면을 제아무리 빠르게 바꿔 쓴다고 해도 그 가면 속 얼굴 표정은 놓치는 법이 없었다. 하지만 그들은 서로를 따뜻하게 어루만지다가도 따지거나 헐뜯었다. 그렇게라도 하지 않으면 무료한 하루하루를 견뎌낼 수 없다는 표정이 역력했다. 매일 아침 육각 정자에 모여앉아 오고 가는 말로 시끄러웠다. 그들은 과거의 그 어떤 사회적 지위나 경제력 따위에는 관심 두지 않았다. 오로지 겨울 양지에서 꼬장꼬장 몸 말리다가 생겨나는, 억세디 억센 통증의 등을 서로 긁어주다가 할퀴다가를 반복할 뿐이었다.

이들은 이름 대신 집 호수를 호칭으로 썼다. 상대방을 죄수의 수인번호처럼 부르는 건, 늙음이 죄목이 되어 지독한 한파에 갇혀버렸기 때문일지도 모른다. 젊음을 잃고 얻은 건 자유가 아니라 더 큰 구속이었다. 바닷가의 외진 곳에 방치되어 사라질 날만 기다리고 있는 이들의 움푹 꺼진 눈망울에는 외로움과 죽음의 공포가 잔뜩 서려있었다.

그토록 발버둥 치며 살아온 발걸음 앞에 이토록 짧은 생의 낭떠러지라니…, 덜컥거리며 지나온 삶이었기에 이 아파트의 칸칸에는 살아온 날들이 수여하는 훈장이 사각 창틀 불빛으로 반짝거렸다. 그 누구도 이들에게 '최고'라는 임명장을 수여한 적은 없었지만, 그들은 서로를 최고의 자리에 앉혀두고 '당신이야말로 최고!'라며 엄지를 치켜세우기도 했다.

*

의사는 205호의 병력을 딸에게 이리저리 캐물었다. 205호는 불만이었다. 구순이 넘도록 살아온 몸에 켜켜이 끼위져 있을 아픔과 슬픔, 그리고 수많은 죽음들로 얼룩진 마음자리에 돋아난 병을 딸이 어찌 대신해서 말할 수 있단 말인가. 의사의 질문에 딸은 폭식이 부른 당뇨병과 골다공증이 문제일 거라고 말했다. 205호는 딸이 제멋대로 짐작해서 하는 말이라고 끼어들었다. 의사는 의료기계로 다시 한번 더 확인을 할 것이니 걱정하지 말라고 205호를 다독였다.

얼마의 시간이 흘렀던 걸까. 검사 결과지의 순서대로 몸 구석구석 싹틔운 병에 대해 의사는 하나하나 짚어보기 시작했다. 투석이 필요한 신장과 심각한 골다공증, 비대해진 심장에 폐렴증세까지 있다는 진단이었다. 몸에 깃든 병이 각 과마다 해당되어 한마디로 종합병원이라고 덧붙였다. 딸은 무거운 표정을 지었다. 검진을 마치느라 지친 205호도 스르르 눈을 감았다.

한 달 내내 이런저런 치료를 강행하던 의사가 어느 날 딸에게 호스피스병동을 추천했다. 그 말이 얼핏 205호의 귀에까지 흘러들었다. 205호는 적잖이 충격을 받은 듯했다.

"이 버스 영양장터로 가는 거 맞제?"

"버스가 아니라 병실 침대야, 엄마!"

"올해가 98년 갑오년이가?"

205호의 엉뚱한 말에 난감해진 딸이 병실에서 치료 중이라고 말했다. 205호는 본래 바닷가 사람이 아니었다. 영양군 일월산 아래 작은 마을에서 태어나고 자랐다. 산골의 보릿고개는 혹독했다. 기근으로 뜯어먹었지만, 약초나 다름없는 산나물을 밥보다 더 많이 먹으며 살아왔다. 약초로 다져진 몸이라 건강 하나만은 자신했었다. 하지만, 산나물은 잔병에는 효과가 있었을지 몰라도 노환에는 효험이 없었다.

산나물의 믿음이 깨지자 205호의 몸속 장기들은 밤마다 산짐승처럼 괴성을 질렀다. 낡다 못해 너덜해진 목구멍에서는 짐승의 배설물이 오글거렸다. 내뱉지 못하고 삼켜온 응어리였다. 205호는 하루에도 몇 번씩 욕을 바가지로 게워냈다. 그때마다 딸이 창피하다며 뽀로퉁했다.

어! 그런데, 이게 무슨 일인가. 절망의 낭떠러지에서 추락할 일만 남은 줄 알았던 205호가 중환자실을 빠져나와 호스피스병동이 아닌 일반 병실로 옮겨가고 있었다. 병마의 아가리를 기어코 빠져나온 모양이었다. 죽을 고비를 이겨낸 205호의 얼굴에서는 다시 화색이 돌았다. 하지만, 205호는 그 누구와도 말을 섞지 않았다. 아들에게도, 딸에게도, 주변의 그 어떤 위로의 말에도 침묵했다. 다만, 밤이면 산짐승처럼 울부짖었다. 딸은 그런 205호에게 수면 유도제를 먹였다.

*

한동안 병실의 TV를 바라보던 205호는 마치 TV 속으로 들어가기라도 한 듯이 자신도 버스를 기다린다고 말했다. 그리운 정류장을 병실로 옮겨온 205호는 마치 꿈꾸는 요정 같았다. 몸을 실은 침대는 덜커덩거리는 버스였다. 시릿골에서 진보면으로 가는 동안 몇 개의 정류장이 있었던 것일까. 웃고 떠들며 버스에 발을 올리는 사람들을 205호는 지그시 눈을 감은 채로 반갑게 맞이했다. 205호는 '하나, 둘…' 차창 밖 가로수를 세어보기도 했다.

그런 205호에게 연분홍 스웨터를 입은 간호사가 다가올 때면 그 옛날 참았던 오줌이 누고 싶다며 잠시 버스를 세워 달라고 간호사의 팔목을 잡고 졸라댔다. 옆 좌석에 앉아있던 연당댁도 소일댁도 봄나물 봇짐을 움켜쥐고 내릴 것이니 세워달라고 합창했다.

205호는 통증의 팔뚝을 걷어붙이고 흔들흔들 진보와 시릿골을 잘도 오고 갔다. 흔들리는 몸의 중심을 잡는지 205호는 두 손으로 침대 모서리를 꼭 붙잡았다. 어쩌면 다음 생으로 가는 버스정류장을 생각해 보는 듯했다.

"내 눈에 당신이 무슨 생각을 하는지 훤하게 보인다니까. 당신이 왜 이 병실까지 오게 되었는지 말해줘?"
버스에서 내린 205호는 몹시 거칠어졌다.
"엄마 자꾸 이러면 1인실 가야 돼."
딸이 205호의 거친 말과 삿대질을 가로막았다. 205호는 딸을 밀쳐냈다. 늙었다고 딸년조차 괄시하는 것 같아 울화통이 치밀었다. 딸랑 달력 한 장, 까치밥 한 알, 마지막 잎새에게 구박을 일삼는 딸년이 괘씸했다.
게다가 약봉지를 들고 온 간호사마저 "할머니 이 약 잡수시면 괜찮아지실 거예요." 하며 실실 웃었다. 205호는 간호사에게 산나물 반찬이나 갖다달라고 소리쳤다. 산나물로 다져온 몸인데 간호사는 매번 끼니때마다 한 주먹의 알약을 들고 와서 "수분 빼는 약이고요, 심장약이고, 혈당조절 약이에요."라며 하나하나를 설명하고 있었기 때문이다.

"죽어도 괜찮으니 퇴원이나 시켜주든지."

205호는 병실로 회진 온 의사에게 간절히 퇴원을 요구했다. 의사는 좀 빠른 것 같다며 고개를 갸웃거렸다. 위급하면 다시 응급실로 들어오겠다는 약속을 하고 205호는 기어이 퇴원을 허락받았다.

한 달 반 만에 겨우 집으로 돌아왔다. 몸에는 죽음의 문턱에서 흘린 땀 냄새가 흥건했다. 얼마나 돌아오고 싶었던 집이던가. 병원도, 요양병원도 아닌 내 집으로 왔다고 생각하니 살 것 같았다. 집으로 돌아오고부터는 신기하게도 몸이 빠르게 회복되었다. 치매현상도 말끔히 사라졌다. 죽을 고비를 넘기고 돌아온 205호는 자식으로부터 한층 더 외로워져 있었다.

"그까짓! 허깨비면 어떻고 썩은 나무둥치면 어때! 살아있으면 된 거지…."

생각이 많아진 205호는 혼자 중얼거렸다.

205호는 고리타분한 이야기처럼 도시로부터 돌아앉은 단층 아파트로 이사 온 지 이십사 년째이다. 이곳에서 맨 처음 눈에 들어온 것은, 벤치에 삼삼오오 모여앉아 놀고 있는 여자들이었다. 어쩌면 저렇게 놀고먹을 수 있을까.

205호의 눈에는 그들이 신기하게 느껴졌다. 205호가 살아온 세상과는 달라도 너무 달랐다. 그뿐만이 아니었다. 또래 노인들과 대화를 나눠보면 뼈저린 게 없었다. 이야기마다 싱겁고 시시껄렁했다.

205호는 그들과 똑같은 하루하루를 보낸다는 것이 성미에 맞지 않았다. 그래서인지 어린 손자를 데려와 돌보고 짬짬이 공장에서 나오는 부업을 손에서 놓지 않았다. 손자가 커서 학교에 들어갈 무렵이 되자 205호도 어느덧 칠십 후반이 되어있었다. 그제야 자신만의 호젓한 시간을 받아들인 205호는 살면서 언감생심 꿈도 꾸지 못했던 일들을 해보기로 마음먹었다.

담장을 넘어 야학을 하던 그때처럼 노인복지센터에 나갔다. 복지센터에는 별의별 재주꾼이 다 모여 있었다. 또 다른 세상이었다. 아침밥을 먹은 후, 가족들 눈에 거슬리기 싫어 나왔다는 노인들이 하루에도 대여섯 개의 분야를 습득하고 있었다. 장구, 민요, 풍수지리, 명심보감 등등에 전문가 뺨치는 실력가들이었다. 하지만 그들은 불행하게도 실력만 쌓아갈 뿐, 단 한 번도 어딘가에 기여하지는 못했다.

그들의 재주는 안타깝게도 병든 몸과 함께 어느 날 오

롯이 땅속에 묻혔다는 소식만 비일비재했다. 그들도 205호도 전쟁과 가난을 극복해 온 사람답게 혹독함을 잘 견뎌냈다. 생활이 억세지 않으면 오히려 사는 것 같지 않다는 게 동일했다. 그래서인지 그들은 모두 가혹한 곳에만 눈길을 두었다.

205호는 자식들의 만류에도 불구하고 안나푸르나를 사천 미터 오르는 등반 팀에 합류하기로 했다.

"인간에게 한계가 무엇인지 알려주는 산이라는데 궁금하잖아요. 전쟁도 치러냈는데 까짓것 산 입구라도 가봅시다."

복지관에서 만난 할머니와 맞장구를 쳤다. 십오 킬로그램의 배낭을 짊어지고, 사천 미터의 등반 팀에 합류했다. 사천 미터라고는 하지만 그래도 안나푸르나였다. 205호와 할머니는 목숨을 내걸었다. 205호는 선크림을 꼼꼼하게 바르지 않아 얼굴이 탔다. 심한 각질이 일어났다. 205호와 할머니는 무모하리만치 고단한 도전을 끝내고 집으로 돌아왔다. 205호는 각질 때문에 병원을 다녔다. 누워 있거나 잠을 잘 때도 수건을 베개에 올려놓아야 했다.

정자에 모인 노인들은 205호를 향해 "그냥 편하게 늙어가지 왜 저럴까." 하며 끌끌 혀를 찼다. 그러나 205호는 노고 없는 날은 한 숟가락의 밥도 입 안에 떠 넣지 않으려했다. 그 이후에도 위험한 산을 몇 개 더 정복한 뒤였다. 이번에는 돋보기를 구입했다. 세계 위인전을 읽기 위해서였다. 겨울 내내 집 안에 틀어박혀 책을 읽었다.

"할머니가 책을 읽으시는 거예요?"

도서관 여직원이 놀랍다는 듯이 쳐다봤지만 아랑곳하지 않았다. 그럭저럭 이름난 소설까지 합해 거의 오백 권을 무작위로 읽어나갔다. 바닷가에서의 십사 년이 그렇게 훌쩍 지나가고 있었다. 삶에 대한 애착은 나이를 먹을수록 더 심해진다고 했던가. 이제 일 년을 살기 위해 한 달을 병원에서 치료를 받아야만 했다.

비닐처럼 얇은 피부에 링거를 꽂을 때면 반창고가 피부를 물고 떨어졌다. 온갖 주삿바늘이 무섭고 두려웠지만, 찍소리 안 내고 치료를 받았다. '죽음도 치러야 할 판에 이까짓 거!' 하며 이를 물고 참아냈다. 그런데도 어쩐 일인지 자식들에게 이상하리만치 눈치가 보였다. 서글프기짝이 없는 고통을 치르며 얻어내는 시간인데… 삶의 마지막 달인 12월인데… . 자식들의 눈초리가 이상하거나 말거나 되도록 시간이 천천히 흐르기를 바랐다.

파도 소리에 섞여 싸락눈 내리는 소리가 골목 안쪽을

휩쓰는 밤이었다. 육각 정자에서 하루를 보내고 돌아오는 206호의 발소리가 들렸다. 발소리는 현관문 앞에 멈춰 서더니 딸깍, 열쇠 돌리는 소리를 냈다. 205호는 206호의 기척을 들으면서 이불을 턱밑까지 끌어올렸다. 파도 소리와 쌓여가는 싸락눈이 몸의 가난을 더욱 크게 부풀렸다.

*

아파트 귀퉁이에 있는 육각 정자는 노인들의 아지트였다. 흰 비닐로 바람 막을 친 육각 정자는 마치 봄이 오면 활짝 벙글 커다란 목련봉오리 같았다. 만약 이들에게도 봄날이 찾아온다면 흰 비닐 막을 두른 육각 정자는 툭, 하며 꽃봉오리를 터트릴 것이다. 살아온 이력으로 보자면 결코 만날 일 없을 노인들이 이웃으로 만나, 그 누구와도 나누지 않았던 심중의 말을 편하게 나누는 정자였다. 젊은 날 욕망 탓에 인색했던 인심도 이 정자 안에서는 후했다.

노인들이 하나, 둘씩 둘러앉으면 한 보따리의 육각 정자는 살아온 이력만큼이나 이야기도 다채로웠다. 온갖 사연들로 옹그린 정자는 그야말로 사람 냄새로 물씬했다. 보일러 요금을 덜어주는 곳이자 노년의 총총한 총기聰氣와 오랜 경험이 짚어내는 점괘占卦로 말 못 할 고민들이 일시에 무너지는 곳이기도 했다.

205호의 딸이 계단에 나무 판때기를 놓아가며 침대를 밀고 나왔다. 침대는 정자 안으로 들어왔다. 바퀴 달린 침대는 단층아파트 어디로든 이동이 가능했다.

"아직은 회복하는 시기라 이렇게 나왔어요."

"아유, 그러면 어때! 좋기만 하네. 언제 퇴원했소?"

307호가 떡 그릇을 들고 나오며 호들갑스럽게 인사했다. 205호는 대답 대신 김이 모락모락 올라오는 호박떡을 물 한 모금 마시지 않고 두 개나 먹어치웠다. 따뜻한 떡을 먹고도 205호는 몸을 웅크렸다. 날씨가 많이 쌀쌀했다. 이번에는 106호가 전동휠체어를 타고 정자 안으로 들어왔다.

"집이 무덤이에요."

106호는 집보다 정자가 훨씬 좋다고 했다. 106호에 이어 206호도 나타났다. 사람들이 많아지자 307호가 얼른 집으로 가더니 두꺼운 담요를 한 아름 들고 나왔다. 큰 이불은 밑에 깔고 작은 이불은 둘러앉은 노인들의 무릎에 올렸다. 정자 안은 제법 안락하고 봉긋해졌다.

"이렇게 다시 만나니 얼마나 좋아."

다들 205호를 두고 한 마디씩 인사를 했다. 205호는 씨족마을에서 잔뼈가 굵어서 그런지 잔정이 없었다. 고풍이 몸에 배어 무뚝뚝했다. 놀고먹는 딸에게 몇 푼의 돈을 던져주며 든든한 백처럼 옆구리에 끼고 다녔다. 205호는 올해 아흔아홉이었다. 다들 장수한다고 부러워했지만 205호는 시큰둥했다.

"백 살 따위 마음에 차지도 않아. 그까짓 아흔아홉이 무슨 장수라고."

205호는 콧방귀를 뀌었다. 아무리 못 살아도 인간이라면 삼백 년은 살아줘야 한다며 아흔아홉을 시시해했다. 205호는 일기를 썼다. 일기장에는 205호만 알아볼 수 있는 우둘투둘한 글자들로 빼곡했다. 손 떨림 증세가 공책에 고스란히 나타나 있었다.

일기장은 딱 한 권이었다. 한 권의 일기장을 십 년째 쓰고 있었다. 205호의 딸이 매번 새 공책을 사다주었지만, 휙, 내던졌다. 205호는 많이 지니는 걸 싫어했다. 일기장에는 2008년 위에 2018년이 포개져 있었다. 일기는 노환으로 쓰러지면서부터 시작되었다. 일기장은 빛이 바래 얼룩지고 찢어져 있었다. 글자는 이중 삼중으로 포개져 시커먼 덩어리로 보였다. 그 시커먼 덩어리가 205호 눈엔 글자로 술술 잘도 읽혔다.

"위독하다고 해서 걱정했는데 이렇게 돌아오니 얼마나 좋아."

"오래 닦은 심법心法이 있어서야."

307호의 인사에 205호는 꾹 다물고 있던 입을 열며 득도한 사람처럼 대답했다. 205호는 도시에서 살아온 할머니들보다는 자신이 팔뚝 힘이 더 세다고 생각했다. 시시한 할망구들과는 다르다고 늘 코웃음을 쳤다.

전쟁 때였다. 마을에 적군이 쳐들어오자 놀란 아랫동서가 가족들을 내팽개치고 어딘가로 숨어버렸다. 205호는 동서네 식구들까지 하나둘씩 피신시킨 뒤 본인은 다급해져서 이불을 뒤집어쓰고 방 안에 드러누워 있었다. 죽으면 죽고 살면 다행이라고 여겼다. 마당까지 들이닥친 그들은 집안 곳곳에 불을 지르고 총알을 갈겼다. 205호는 자신이 죽었는지 살았는지 감조차 없었다.

얼마의 시간이 흘러 주위가 조용해지고 나서야 이불을 빠져나와 손등을 꼬집어보았다. 따끔했다. 살아있다는 증거였다. 몸을 감쌌던 이불 곳곳에는 총알이 박혀있었다.

총알이 두꺼운 목화솜을 뚫지 못하고 또르르 말려버린 듯했다. 다친 데가 없다는 걸 확인한 205호는 가족들을 찾아다녔다.

그때였다. 적군을 피해 달아났던 아랫동서가 기껏 짚가리 안에서 죽어 있었다. 참으로 험악하게 산 세월이었다. 돌이켜 보면, 위기 때마다 차분하고 의연했다. 자식이 딸리고부터는 개인의 삶은 없어져 버렸다. 머릿속은 늘 전쟁을 지휘하는 장군 같았다. 어수선하고 갈팡질팡했지만 참으로 독하게 살아낸 세월이었다. 고향마을에서의 205호는 신뢰받는 여장부였다.

"또 잘난 체하네, 또 잘난 체해."

307호가 입을 삐죽거리며 205호를 한 방 먹였다.

"돈이나 갚아 이 할망구야!"

비꼬는 307호에게 205호는 돈 얘기를 꺼냈다. 307호는 205호의 쌈짓돈을 빌려가서 삼 년째 갚지 않고 있었다. 돈을 꼭 받아내야 할 만큼 형편이 어려운 건 아니었지만, 공과 사는 분명해야 한다는 게 205호의 주장이었다. 205호는 경우에 어긋나는 걸 아주 싫어했다.

돈을 갚지 않아 눈엣가시 같은 307호가 비꼬았으니 당연히 시비가 붙었다. 205호는 307호를 도둑년이라고 여겼다. 어느 날은 꿈속에서 307호를 법정에 세워 재판까지 받았다고 했다. 205호는 꿈속에서 받은 판결을 현실에서 따졌다.

"판사도 307호의 시커먼 속을 다 알더구만."

"또 그 얘기야? 우리가 언제 재판을 받았다고 그래. 오래 살더니 결국 노망났네, 노망났어."

이웃들 보기에 민망해진 307호가 삿대질을 하며 대들었다.

"돈 떼먹은 할망구가 어따 큰소리야! 판사가 말했잖아. 빚은 어떻게든 갚게 되어있다고, 안 갚으면 하늘이 그 빚을 기억해 뒀다가 병으로 바꿔 청산한다는 말은 들었지?"

205호의 말이 어처구니없다는 걸 잘 알면서도 병으로 바꿔 청산한다는 말에 307호는 움찔했다.

"빌린 돈이 얼마야?"

307호는 기죽은 목소리로 빌려간 돈의 액수를 물었다. 205호는 침대 밑에서 너덜너덜한 일기장을 꺼냈다. 그러고는 돋보기를 끼고 3년 전 페이지를 펼쳤다.

"구만 오천 원."

"더러워서 내 꼭 갚는다."

307호는 칠성시장에서 칠십까지 콩나물을 팔며 살아왔

다. 온몸의 관절이 뒤틀리면서 어렵게 이뤄낸 점포 다섯 개를 아들에게 상속했다. 매달 생활비를 받기로 약속했지만, 언제부턴가 아들은 약속을 지키기는커녕 나타나지도 않았다. 307호는 매일 아들을 기다렸다. 아들을 믿고 전 재산을 털어준 일을 후회했다. 307호는 아들에게 애쓰던 지난날을 떠올리며 한숨을 내쉬었다.

106호가 307의 손목을 슬쩍 잡아당겼다.

"혈관에 아들의 피가 제대로 흐르는지 짚어보자."

106호가 한의사 흉내를 내며 307호의 손목을 당겼다. 106호의 친정집이 한약방이었다. 서당 개 3년이면 풍월을 읊는다고 약방의 감초 같은 이야기를 곧잘 했다.

"당신은 선생이지 한의사가 아니었잖아."

"보고 들은 게 얼만데 그걸 모르겠어."

307호는 106호가 자신을 비웃는 것 같아 부아가 치밀었지만, 아들을 잘못 키운 것도 비웃음거리가 된다고 여기며 꾹 참았다. 불쾌한 마음을 억누르며 지푸라기라도 잡는다는 심정으로 아들의 마음이 어떻게 짚어지는지를 은근히 기다렸다.

"스트레스가 시뻘건 녹물딱지를 만들었어. 마음을 편하게 먹어야 뭉친 게 풀릴 것이야."

"흥, 106호도 그 몸으로 큰소리는 못 치지."

307호가 106호의 진단이 마음에 안 들었는지 콧방귀를 뀌며 106호의 약점을 들먹였다.

"뭐라고?"

106호는 휠체어에 의지하는 자신의 처지를 307호가 업신여기는 것 같아 발끈했다.

"자식 잘못 키운 것도 죄인이지만, 당신도 두 다리를 접었으니 큰소리칠 건 없어."

307호는 마치 아들이라도 만난 듯 106호에게 욕을 퍼부었다. 한동안 307호와 106호의 고성이 오고 가더니 기력이 쇠하는지 다시 조용해졌다. 307호는 천천히 몸을 바닥에 눕혔다. 106호도 슬그머니 따라 누웠다. 그러고는 또 언제 싸웠냐는 듯이 106호는 307호에게, 307호는 106호에게 두런두런 심중의 말을 짜내고 있었다.

106호는 40년을 중학교에서 학생들을 가르치다가 퇴직한 교사였다. 몇 년 전이었다. 골목에서 중학생들이 또래의 한 학생을 괴롭히는 현장을 목격했다. 자신도 모르게 "이 녀석들!" 하며 끼어들었다가 그들에게 밀쳐져서 바닥으로 나동그라졌다. 그 잠깐의 일로 인해 106호는 고관

절 골절 수술까지 받았다. 수술은 잘되었음에도 불구하고 무슨 일인지 걷는 게 불가능했다. 그때부터 휠체어에 의지하는 신세가 되고 말았다.

한때는 그들을 가르치던 교사였지만, 어느새 그들은 106호가 가르치던 아이들이 아니었다. 106호는 털어내지 못한 교사의 습관을 그때부터 말끔히 지웠다. 사람은 누구나 한 번쯤은 꼭 되돌리고 싶은 실수의 시간이 있다. 106호도 마찬가지였다.

106호는 스마트폰을 구매했다. 노인들 대부분이 기계치였지만, 구매한 대리점을 뻔질나게 들락거리더니 카톡과 이모티콘을 쓰고 있었다. 인터넷 검색도 곧잘 했다. 사색 세대가 검색 세대로 돌변하고 있었다. 106호는 젊음이든 늙음이든 지독한 쏠림현상은 부작용이 따른다고 여겼다.

스마트폰을 사용하고부터는 이모티콘 캐릭터인 을년이 할매처럼 가끔 쌩쌩해지기도 했다. 평소에는 일어서지도 못하는 두 다리를 어느 순간 벌떡 일으켜 몇 발짝 걷기도 했다. 106호는 목에 스카프를 두르고 늙음과 젊음을 오가는 데 열정을 쏟았다.

"이 할망구야! 넘겨다볼 세대가 따로 있지, 10대가 뭐냐, 10대가."

"그게 무슨 말이냐, 방구냐."

307호가 사사건건 간섭하고 들자 106호는 그럴수록 더더욱 젊은 세대인 양 말투까지 흉내 냈다. 307호와 106호는 자주 다퉜지만, 금세 풀렸다. 마주 보고 누웠던 106호는 307호가 주는 소소한 상처에 몸을 일으켰다. 그리고 자신을 장애인으로 만들어버린 학생들을 떠올리는 듯 허공을 오래도록 응시했다. 바닷바람이 정자의 비닐막을 심하게 뒤흔들었다. 나뭇가지에서 벌레에 파먹힌 나뭇잎이 파르르 떨었다. 205호는 그런 나뭇가지에 오래도록 시선을 던져놓고 있었다. 자신도 곧 떨어질 나뭇잎이라고 여기는 듯했다.

205호는 누구보다도 빨리 병이 들었다. 짱짱하던 노인들이 걱정해 주었지만, 어이없게도 되레 205호가 그들의 죽음을 깡그리 지켜보고 말았다. 세상엔 믿어지지 않을 일이 수두룩했다. 숱한 죽음의 낭떠러지에 내몰리면서도 움켜쥔 손아귀를 쉽게 풀지 않았다. 이승의 것이라면 육신도, 자식의 효심도, 모조리 다 사용한 후에야 스르르 파산할 요량이었다. 파도 소리만 들리던 정자 안에 어느덧 사락사락 눈 내리는 소리가 뒤섞였다.

*

　얼마 전, 관리소에서는 건설업체를 불러들였다. 재개발
을 위한 설명회도 열었다. 바다를 끼고 있어서 재건축을
하면 재산을 몇 배로 불릴 수 있는 좋은 기회라고 설득했
다. 노인들은 우르르 몰려다니며 반대의 목소리를 높였
다. 협조를 하는 게 아니라 '갈 곳 없는 노인들을 길거리
로 내모는 관리소는 각성하라'는 현수막을 내걸었다.

　엘리베이터가 있는 새 아파트의 편리함이나 가격 따윈
의미가 없었다. 재건축으로 인해 생겨날 문제가 더 컸기
때문이다. 이주기간 안에 죽어버리거나 자식에게 집을 빼
앗겨버릴 수도 있었다. 재입주의 희망이란 노인들의 것이
아니었다. 재건축의 추가비용과 비싸질 관리비도 노인들
에겐 어울리지 않았다. 100% 결사반대였다. 을씨년스러
운 이 아파트에 두 번 다시 봄바람이 불어오지 않는다 해
도 상관하지 않았다. 노인들은 모두 제각각의 현관문을
꽝꽝 처닫았다.

　늙은 아파트는 점점 유령이 되어갔다. 지나가는 사람들
이 아파트를 쳐다보며 음산해했다. 그러거나 말거나 아파
트는 노인들을 품은 채 스스로를 보호하듯 그 어떤 질타

에도 꿈쩍하지 않았다. 세상은 백세시대라고 의기양양하게 외쳤지만, 정작 노인을 인간으로 취급해 주는 곳은 그 어디에도 없었다.

　세상을 꿰뚫어 보는 연륜 앞에 젊음이 조용히 무릎을 꿇던 시대는 사라지고 없었다. 스마트폰이 모든 걸 대신하고 있었다. 에너지 넘치는 젊은 세대들마저 칠포가 되고 구포가 되는 세상이었다. 세상이 밝아질수록 인간마저 쉽게 쓰고 버리는 소모품에 불과했다. 오직 자신만을 위해 한 생을 통째로 쓰고 가겠다는 젊은이의 발상이, 희생만 하고 살아온 노인들에게는 한없이 낯설었다.

　며칠 코빼기도 안 보이던 206호가 정자에 들어왔다. 206호는 유일하게 해로偕老하는 부부였다. 206호는 구십이 넘도록 부엌일을 면하지 못한 게 억울하다고 말했다. 영감에게 생떼를 썼다며 아들 집에서 며칠 쉬다 올 예정이라고 자랑했다. 영감은 이틀도 못 배길 아들네 집이지만, 206호는 단 며칠만이라도 차려주는 밥이 먹고 싶다고 했다. 206호는 마음을 단단히 먹은 듯했다.

　106호와 307호가 투덜거리며 들어왔다. 바깥세상에는 노인을 인간취급 안 한다고 하소연했다. 커피를 마시려고 카페로 들어서는데 '노인 출입 금지입니다' 라는 문구가 적혀 있더라고 했다. 노인에게도 공평하게 나누어주는 세상인심은 어디에도 없다고, 노인이란 수거해 가야 할 쓰레기에 불과하다고, 그것도 모자라는지 요즘은 한술 더 떠서 코로나 바이러스까지 합세한다고 불쾌해했다.

"그 누가 해 지는 서쪽이 아름답다고 했던가."

307호는 노래 아닌 노래를 만들어 부르며 반발심인지 장난기인지는 모르겠지만, 정자 옆에 대나무를 꽂았다.

"이것들 걸리기만 해봐라. 혼쭐을 내줄 테다."

307호는 일찍 남편을 잃었다. 홀로 자식을 키워내느라 고생이 이만저만이 아니었다. 평생 노상에 쪼그리고 앉아 콩나물을 팔아서 뒷바라지를 해온 자식은 늘 사고뭉치였다. 자식 때문에 덜커덕거리던 심장이 이제는 쪼그러들었는지 쥐어짜듯이 아프다고 했다. 젊은 날이었다. 세상의 온갖 사물들이 말을 걸어오고 깔깔 웃어 젖혔다. 헛것이 보이고 귀신 썬 듯 중얼거렸다.

주변에서는 고생고생 하더니 드디어 미쳐버렸다고 수군거렸다. 신을 받아 무당이 된 것도 아닌데 사람들의 과거와 미래를 잘도 짚어냈다. 그런 과거가 있어서인지 307호는 점占을 곧잘 쳤다. 307호가 대나무를 꽂은 지 얼마 지나지 않아서였다. 어라? 지나가던 젊은 여자가 기웃기웃 정자로 다가왔다.

"어느 분께 복채를…?"

기가 막히는지 205호가 킬킬거렸다. 얼른 307호가 여자의 말을 받았다.

"어허! 남부러울 것 없이 살 사주가 왜 이런 곳을 기웃거리누?"

"이혼을 생각하는데… 아이가 있어서….."

"목덜미에 있는 그림이나 지워버려."

"어떻게 제 문신을…?"

"새겨 넣을 때보다 지우는 게 더 아플 거니까 마음먹고 지워."

"지우면 제 삶이 나아지나요?"

"몸이 노는 가락인데 남편이 좋아하겠어? 지우면 마음가짐부터 달라질 거여."

307호에게 젊은 여자가 감고 있는 목도리 옆으로 삐죽이 나온 문신이 용하게도 눈에 띈 듯했다. 307호는 두고보자고 벼르던 일은 잊은 채 풍파의 인간사를 설득력 있게 내놓으며 여자를 한없이 다독거렸다. 307호의 말이 여자에게 먹혀들었는지 여자는 환하게 웃으며 다시 한번 노력해 보겠다며 자리를 떴다.

"아이 엄마라는 게 이혼을 생각하다니, 쯧쯧…. 천하의 상것들이나 하는 짓이지."

"사람 다시 보이는데!"

"멸시는 밑에서 치고 올라오지만, 사랑은 내리 사랑이잖아."

106호가 307호를 추켜세우자 307호는 흐뭇한 미소를 지으며 맞장구쳤다. 307호는 어느 날부터 소식을 끊은 아들 때문에 월세를 부담스러워했다. 살고 있는 집을 비워줘야 할 모양이었다. 307호의 딱한 사정에 106호가 함께 살자는 제의를 했다. 106호는 연금을 받아서 생활하고 있었다. 혼자 쓰기에는 넘치는 금액이었다.

106호의 호의에 307호는 뛸 듯이 기뻐하며 당장 살림살이를 옮겼다. 그 후로는 휠체어에 의지하는 106호를 대신해서 집안일이며 식사준비를 도맡았다. 307호는 106호를 '언니, 언니' 하며 호칭까지 바꾸었다.

쓰레기통에서도 도도한 장미가 피어나듯 만신창이의 아파트에서도 모락모락 속 깊은 정이 피어나고 있었다.

며칠 동안 눈이 내리더니 발목까지 쌓였다. 눈이 노인들을 가두었지만, 노인들은 그 누구도 발을 동동 굴리지는 않았다.

"206호 할아버지 소식 들었어? 큰아들 집에서 돌아가셨다나 봐."

106호가 위층 소식을 전했다. 누군가의 죽음을 전해들은 노인들은 기침부터 쿨룩했다. 노인들은 결코 남의 일이 아니라는 듯 나뭇잎처럼 몸을 떨었다. 아들집에서 며느리가 차려주는 밥상을 받아보겠다던 206호가 감기에 걸렸었다고 했다. 감기는 폐렴으로 이어졌다.

병원에 입원을 하자 며느리는 "아버님 탓이에요. 어머님이 감기를 못 이기는 건 스트레스가 과해서예요." 하며 공연히 시아버지를 탓했다. 영감은 206호에게는 인색했지만, 며느리에게는 "아가야, 아가야." 하며 아낌없이 사랑과 돈을 내주며 온갖 정성을 다했었는데… 그 며느리가 차려주는 밥상이 핍박덩어리라는 걸 알자 큰 충격을 받았다.

"오냐! 내 잘못이다. 그러니 할망구를 얼른 퇴원시켜라. 지금부터라도 바꿔서 살아볼 터이니."

영감은 언짢은 마음을 토해냈다. 아들집에 머무르는 시간이 길어질수록 따박따박 말대꾸하는 며느리가 못마땅했다. 가시방석 같은 며느리를 피해 바깥으로 나가는 시

36

간이 많아졌다. 집이 간절하게 그리웠지만, 입원시켜 놓은 할망구를 놔두고는 불가능했다. 영감은 아파트 주변을 맴돌다가 빙판길에 넘어지고 말았다. 척추 뼈에 금이 갔다는 진단이었다. 어처구니없게도 영감까지 입원해 버렸다.

영감은 척추에 시멘트를 바르는 시술을 받았다. 간단하게 회복하는가 싶었는데… 아니었다. 오히려 중환자실에 있던 206호가 퇴원을 했고, 영감은 지병이 겹쳐져 그만 돌아가시고 말았다는 이야기였다.

"철들면 죽는다더니 아흔 여덟에 마누라가 최고라는 걸 깨닫고 죽다니…."

정자에는 206호가 화젯거리였다.

얼마의 시간이 더 흐른 걸까. 한동안 언니 동생하며 살아가던 106호와 307호에게도 변화의 바람이 불었다. 부지런히 106호를 돌보던 307호가 뇌출혈로 쓰러졌다. 급히 종합병원 응급실로 들어갔지만, 되돌리지는 못했다. 307호의 치료비를 해결해 주던 106호도 돌봐주던 손길이 부족했던지 화장실에서 죽어있었다. 노인의 앞날이란 그 누구도 예측이 어려웠다.

*

파도 소리가 아파트를 향해 철썩거렸다. 건강을 회복한 206호가 영감의 유품정리를 돕겠다고 자식들을 졸라 잠시 집으로 돌아왔다. 바로 옆집인 205호에 들렸다.

"정정하던 부부가 하루아침에 뭔 일이냐."

205호의 말에 206호는 눈물을 펑펑 쏟았다. 자신에게 일어난 두 달간의 일을 털어놓으려면 몇 년은 걸릴 거라고 했다.

"그래도 돌아왔으니 된 거여."

"돌아온 게 아니에요. 혼자 살면 자식들 걱정시키는 일이라며 요양병원에 들어갔어요."

206호는 한숨을 내쉬며 자신을 한탄했다.

"나를 봐봐. 의사가 호스피스 병동을 권했던 사람이야. 하지만 이렇게 멀쩡히 잘 지내고 있잖아. 죽어도 여기서 죽는다고 고집을 부려 봐."

"어림없을 거예요. 죽을 때가 되니 자식이 저승사자예요."

205호의 말에 206호는 고학력자로 키워서 성공의 뒷바라지까지 마쳤지만, 부모에 대한 자식들의 마음 씀씀이는 정반대라고 했다. 206호 아들이 205호 벨을 눌렀다.

"이제 그만 돌아갑시다."

"내 집으로 돌아왔는데… 오늘 하룻밤만이라도 혼자 지낼 수 있도록 해주렴."

206호는 아들에게 통사정을 해서 겨우겨우 금쪽같은 하루를 얻어냈다. 그리고 오래도록 205호에 머무르면서 끊어진 이야기를 한없이 쏟아냈다. 통닭도 시켜먹고 맥주도 한 잔 들이켜며 밤이 깊어져서야 206호로 건너왔다. 206호는 혼자 덩그러니 침대 위에 누워 달을 올려다보았다. 마치 길고 긴 꿈을 꾸고 있는 느낌이었다. 허공에는 여전히 그믐달이 바나나 꼬투리처럼 허공에 걸려있었다. 한숨을 내쉬며 지난 시간을 떠올렸다.

"영감!"

206호의 목소리에 영감이 몸을 뒤척거렸다. 설핏 잠이 든 영감에겐 206호의 목소리가 환청처럼 들렸던지 몇 번이나 귀를 세우고서야 자리에서 부스스 일어났다.

"불렀는가?"

영감이 짜증 섞인 목소리로 말했다.

"저기 저 초승달이 바나나처럼 보이는데 영감 눈에도 그렇게 보여요?"

"자다가 뭔 헛소리여."

"아들 집에 다녀옵시다. 나도 이제 구순인데 며느리가 차려주는 밥상 한번 받아보게요."

206호의 말에 영감은 입을 굳게 다물고 있었다. 말대꾸가 없다는 것은 긍정의 반응이었다. 206호는 내친김에 불만 한 가지를 더 꺼내놓았다.

"매달 삼십만 원으로는 부족해요. 며느리에게만 쑥쑥 빼주지 말고 우리도 좀 씁시다."

206호는 영감이 매달 우체국에서 찾아오는 유공자 연금 백오십만 원을 두고 하소연했다. 인색한 영감과 살아서 그런지 206호는 자주 몸이 아팠다. 살 없는 목선에서는 빗장뼈가 툭 튀어나와 있었다.

뼈와 가죽뿐인 206호는 비어있는 고향 친정집에서 요양차 며칠 혼자 지내다오고 싶었지만, 영감에게 그 의중을 꺼냈다간 욕만 먹을 게 뻔했다. 평생 자기 마음대로 휘둘러 온 영감에게 분통이 터졌다. 꽉 다문 입술에서는 쉽게 허물어지지 않겠다는 가부장적 의지가 엿보였다. 불만의 말을 더 많이 쏟아냈다가는 고함을 칠 태세여서 206호는 슬그머니 잠자리에 들었다.

밤사이 기온이 영하 10도까지 떨어져 있었다. 칼바람이 잡풀의 몸을 찢다가 아예 뿌리까지 뽑아서 창문으로 휙휙 던져댔다. 영감은 이불을 뒤집어쓴 채 후후 손에 입김을 불었다. 파도가 높고 날씨도 포악했지만, 206호는 큰아들 집으로 갈 채비를 마치고 영감을 재촉했다. 기어코 가겠다는 206호의 의지에 영감이 부스스 일어나 옷을 갈아입었다.

몇 달 전의 일이었지만, 돌이켜 보니 꿈같은 날이 아닐 수 없었다. 영감이 죽고 나면, 비어있는 친정집으로 들어가 혼자 살아볼 계획이었는데…, 노인의 꿈이란 파도가 일으키고 간 물거품에 불과했다. 206호는 영감이 아끼던 바둑판을 물끄러미 바라보았다.

영감의 바둑 실력은 프로급이었다. 한때 날렸던 명성을 증명해 주듯 메달과 트로피가 문갑 위에 즐비했다. 창창한 바둑의 대가들이 영감에게 찾아오던 때가 가물가물했다. 영감은 206호에게도 바둑을 가르쳤다. 206호가 바둑을 꺼려하자 오목으로 바꾸었다.

"치매가 오면 안 되이."

영감은 206호에게 치매를 핑계로 오목 상대로 붙잡았다. 오목을 둘 때마다 206호가 몇 알 먼저 두었다. 영감에게는 불리했지만, 실력이 비교할 게 못 되니 문제되지 않왔다. 206호는 오목판에서 영감을 몰아붙이다가 최후에 4-3을 만들어가는 데 몰두했다. 그에 뒤질세라 영감은 206호의 바둑알을 재빠르게 포위해 버렸고, 206호가 둔 바둑알을 요리조리 잘도 들어냈다. 처음에는 져주는 척하다가 막판에 슬그머니 이겨먹는 재미가 쏠쏠했다. 206호는 자신에게 불리하면 "밥 먹을 시각이네요." 하며 판을 엎었다.

"끝까지 판에서 눈을 떼지 말아야 해. 지금 어디서 싸움이 일어나고 있는지, 누구에게 유리하고 불리한지를 알아야 눈치 채지 못한 상대방의 매복이 어디에 있는지, 앞으로 상대방이 어떤 수를 둘지, 또 그 수에 맞춰 어떻게 수비할지를 따져보는 거야."

영감은 녹음기를 틀어놓은 것처럼 206호의 뇌에 반복해서 주입시켰지만, 영감의 노력에도 불구하고 206호는 "남의 것을 빼앗는 게 저리도 신명날까." 하며 뿌루퉁했다. 영감은 오목을 두다가 벌어진 말다툼에는 엄청 너그러웠다. 206호는 죽기 전에는 나올 수 없다는 요양병원으로 돌아가는 게 두려웠다. 아들집으로 가기 전날 밤으로 되돌릴 수만 있다면… 206호는 아들집으로 가기 전날 밤이 몹시도 그리웠다.

"매순간 다가오는 수많은 경우의 수에서 한 가지를 선택해야 하지만, 그 선택이 늘 옳을 수만은 없어."

206호는 생전에 영감이 하던 말이 귓전에 생생하게 울렸다. 바둑으로는 한 치가 아니라 두 치, 세 치를 내다보던 영감이 자신의 죽음에는 예상과 다른 자리에 바둑알을 놓고 말았다. 영감이 죽고 나면 좀 편할 줄 알았는데⋯ 206호는 숨 떨어지기 전에 영감이 남긴 말을 생각했다.

"용서하시게. 내 다시 태어나면 당신을 많이 위해 줌세."

206호는 고개를 내저었다. 다시 태어나면 절대 만나고 싶지 않았기 때문이다. 206호는 침대에서 몸을 일으켰다. 그리고 벽에 걸린 거울을 들여다보았다. 거울에 비친 얼굴은 시커먼 검버섯에 깊게 파인 주름뿐이었다. 울퉁불퉁한 불규칙바운드가 얼었다 녹았다를 반복한 땅 같았다.

위기를 이겨내려면 어느 땐 사활死活을 걸어야 한다던 영감의 말을 되새기며 바깥으로 나갔다. 행동으로 반드시 옮겨야 하는 오목의 착수着手처럼 무거운 발을 떼어놓으며 바닷가로 향했다. 막 동이 트는 새벽이라 아직은 어두웠다. 산책로에는 물기 성성하던 억새가 어느새 바싹 말라있었다. 한 생이 깜박, 마무리되었음에도 불구하고 억새는 증거물처럼 남아있었다.

쑥부쟁이, 도꼬마리의 시신도 한곳에 모여 바람에 건조되고 있었다. 그것들은 모두 지친 표정이었지만, 수많은 생각들을 밖으로 게워내고 있었다. 설핏, 그것들의 가랑이에서 지린 오줌의 얼룩이 보였다.

206호는 잡풀 곁에 퍼질러 앉았다. 가지고 온 소주병의 뚜껑을 돌렸다. 병나발로 꿀꺽꿀꺽 몇 모금 들이켰다. 독한 소주가 빈 위장으로 들어가자 찌르르 취기가 돌았다. 한 병을 다 비우고 또 한 병의 뚜껑을 열었다. 속을 왈칵왈칵 게워내며 파도처럼 울었다. 잡풀의 시신이 206호의 등에 자신들의 등을 서걱서걱 비벼댔다.

다들 어디서 왔다가 어디로 떠났을까. 몸을 움직일 때마다 억새처럼 부스럭거렸다. 퉁퉁 부은 시뻘건 눈은 한없이 허공만 응시했다. 오랜 응시 끝에 죽은 억새의 손을 잡았다. 가자. 어서 가자. 허공은 이 모든 광경을 영정사진인 양 찰칵찰칵 박아대고 있었다.

"생목숨을 왜 끊어…"

206호의 문 앞에 사람들이 모여들었다. 갑작스러운 이별에 노인들은 모두 생살이 뜯긴 얼굴이었다. 206호의 세

간살이가 자식들의 발밑에서 버석거렸다. 노부부가 떠난 빈 공간에는 완성된 퍼즐 판이 뒤엎어져 있었다. 이제 또 누가 이 집의 주인이 되어 저 엎어놓은 퍼즐 판을 맞추게 될까. 창틈으로 들어온 바람이 빈집을 휘리릭 훑었다. 아파트를 떠도는 이야기가 휘잉 휘파람 소리를 냈다.

노인이 하나둘 사라지자 아파트도 빈 공간이 많아졌다. 늘 일정하게 켜지던 불빛도 띄엄띄엄했다. 그러다가 아파트는 어느덧 시커멓게 변해갔다. 아무도 침몰하는 이 아파트에 관심 두지 않았다. 봄이 오면 활짝 필 정자도 꽃샘추위에 깊은 멍 자국을 드러냈다.

유일하게 겨울을 뚫고 나오기를 반복하던 205호가 일기장을 창밖으로 내던졌다. 평균수명을 훌쩍 넘기도록 덤으로 살면서 울컥울컥 올라오는 뭔가를 고백하던 일기장도 의미를 잃어버렸다. 버림받은 일기장은 뱃속을 까집으며 바람에게 달라붙었다. 뿌리치는 바람의 손사래에 일기장은 또다시 담장 밑으로 처박혔다.

'구순까지 살아보지 않고는 결코 알 수 없을 거야. 세상이 몽땅 엉터리라는 걸⋯.'

처박힌 글자들이 저승사자 복장으로 담벼락 밑에 오글거렸다. 정자에 모이던 노인들 중 또다시 살아남은 자는

205호였다. 정자는 또 한 번 노인들을 물갈이한 셈이다. 두개골 안구처럼 점점 휑해지는 아파트는 조용히 눈을 감았다. '아직은 폐허가 아니야.' 205호는 중얼중얼 봄의 실마리를 몸 안쪽에서 당겨내고 있었다.

저승으로

205호는 이제 혼자서는 바깥출입이 불가능했다. 침대에 기대고 서서 창가에 얹힌 화초를 가꾸는 일 외엔 거의 앉아있거나 누워서만 지냈다. 와상臥床환자로 이토록 질기게 살아갈 줄은 본인도 몰랐다.

지금껏 몇 번이나 죽음의 터널을 빠져나왔는지 숫자를 세어보는 205호의 얼굴은 이제 제아무리 위중한 순간이 찾아온다고 해도 두렵지 않다는 표정이었다. 그동안은 죽음이 주는 공포가 그 어떤 공포와도 비교될 수 없었기에 그저 먼 거리에 있을 거라고 스스로를 다독여온 시간이었을 뿐이었다.

205호는 침대에 몸을 지탱해서 창가에 놓인 장미분재에 물을 주고 있었다. 그러면서도 눈길은 연신 유리창에 얼비치는 거실 텔레비전을 향했다. 동해안 해파랑길에서 어부들의 피해가 속출한다는 기상방송이었다.

아나운서 곁에는 방파제를 때려놓고 빠져나가기를 반복하는 파도가 넘실거렸다. 먼 바다에서 일어난 풍랑이 해안까지 전해지는 월파라고 했다. 월파는 맑은 날에도 뜬금없이 발생하는 예측이 불가능한 너울파도였다. 옆에 있던 딸이 파도의 속성을 빗대며 한 수 거들었다.

"자각 증상 없다가 한꺼번에 병증을 나타내는 몸뚱이 같은데 어찌 대비를 하겠어."

지난날 재해로 하루아침에 변해버린 집안 사정에 망연 자실하던 마을 사람들이 떠올랐다. 리모컨을 눌러 텔레비 전을 꺼버렸다. 침대 밑으로 분무기를 내려놓으며 매트리 스 위로 조심스레 엉덩이를 밀어 올렸다.

"아이고, 허리야."

205호는 발가락을 한껏 오므렸다. 구부정한 등을 벽에 기대자 상체가 조금은 반듯해졌다.

"엄마 키 재줄까?"

"싱겁기는… 앉은뱅이로 사는데 키는 무슨 키! 정강이 뼈에 철심 박고 나사까지 조여 놓았으니 내 몸도 저 창틀 의 장미분재나 다름없구나."

205호는 스스로를 분재라고 말해놓고 씁쓸한 표정을 지었다. 분재라는 말이 우스웠던지 딸도 웃음을 참느라 두 볼이 볼록해졌다.

"발톱 좀 깎아다오."

205호는 장미분재인 양 오랫동안 흙속에서 담금질된 뿌리 발을 이불 밖으로 돌출시켰다.

"한때는 동네 총각들과 한 이불 덮고 마주 앉아 이 발가락으로 남자의 발바닥을 긁었지."

"킥킥, 어찌 그런 말을 누설하실까."

퉁퉁 부은 발등과 파삭한 발톱을 들여다 본 딸이 손톱깎이를 들고 발톱을 깎았다. 발톱이 살 모서리를 파고들고 있었다. 딸이 손톱깎이를 갖다 대자 205호는 파인 살이 아픈지 움찔했다. 톡톡 잘려나가는 발톱은 초승달 같았다. 초승달이 창밖으로 멀리 날아갔다. 저 날아가는 몸짓 날렵한 초승달이 부메랑이 되어 젊은 시절로 되돌려진다면…. 205호는 뜬금없는 희망에 젖었다.

"앗! 실수… 아프지?"

"괜찮다. 그까짓 거."

살과 발톱 사이에서 붉은 피가 맺혔다. 신발 안에 갇혀서 발걸음을 떼어놓을 때마다 부지런히 움직이던 발가락이 이제는 신발 속 기억을 잊은 표정이다. 핏방울만 띄워놓고, 오도카니 205호를 쳐다보고 있었다. 딸이 화장지로 피를 닦았다. 205호는 침울한 표정으로 침대 밑에 내려놓았던 분무기를 다시 꺼냈다. 어떤 그리움을 어르는 듯 눈자위 근처에 자꾸만 물안개를 만들었다.

*

악! 외마디와 함께 둔중한 엉덩이가 거실 바닥으로 내리꽂혔다. 205호는 두려운 눈망울을 굴리며 부들부들 떨었다. 한순간의 실수가 어떤 상황을 가져다줄지 짐작이 되었기 때문이다. 205호가 현관문을 열어주다가 넘어졌다는 걸 다급하게 벨을 눌러댄 딸은 생각하지 않았다.

"조심했어야지."

적반하장이라고 딸이 205호를 부축하며 오히려 나무랐다. 205호는 딸을 붙잡고 일어서려 애썼지만, 일어설 수가 없었다. 어쩔 수 없이 119를 불렀다. 곧이어 죽기보다 싫어하던 병원으로 또다시 실려 갔다.

205호는 정강이뼈에 철심을 박는 큰 수술을 받았다. 아마 이때부터 뼈의 수난이 시작되었다. 딸이 현관 벨을 누르지 않았더라면 어땠을까. 아니, 자신이 조금 더 조심했더라면 괜찮았을지도 모른다. 205호는 매번 그 순간을 떠올리며 후회의 한숨을 내쉬었다. 오랜 경험으로 보자면 멀쩡하던 것이 망가질 때는 항상 갑작스러웠다.

"이제 우리 집으로 모실게요."

"내 집에서 내 맘대로 살다가 죽고 싶구나."

205호의 대답에 아들은 생각에 잠기더니 다시 입을 열었다.

"그러면 집으로 방문하는 간병인을 쓰도록 합시다."

"오빠! 어차피 내가 돌봤는데 앞으로도 계속할게. 집도 가깝고 간병인 자격증도 있잖아."

딸이 얼른 끼어들었다.

"네가 그렇게 하고 싶다면 지금부터 월급을 줄 테니 취직했다고 생각해야 해."

"알았어. 남보다는 나을 테니 걱정하지 마."

205호는 누구를 의지하며 산다는 게 못마땅했지만, 지금의 상황은 그럴 수밖에 없다는 걸 잘 알고 있었다. 싫어도 받아들일 수밖에 없는 입장이 되고 말았다. 이웃 할망구들이 들어간 요양병원에 비하면 그래도 내 집에서 지낼 수 있으니 좋은 조건이라 여기며 받아들였다. 205호는 집 안에서만 생활했고, 전적으로 딸에게 의지해야만 했다.

바깥세상은 좁은 창틀이 열어둔 사각 틀이 전부였다. 205호는 손거울을 찾았다. 거울 속에는 다치기 전의 얼굴은 보이지 않았다. 병색이 짙었다. 검버섯도 소복소복 피어있었다. 꼭 인적 끊긴 폐가 같았다. 콤팩트의 뚜껑을 열었다. 그 누구도 찾지 않을 꼴사나운 폐가에 톡톡 분가루를 쳤다. 뽀얀 살색 가루를 입히고 나니 꼭 중국 귀신 같았다. 제아무리 화장을 하고 다듬어봤자 외출은 그림의 떡이었다. 그렇다고 찾아오는 사람도 드물었다.

이제 205호에게는 화장실을 다녀오거나 분재가 있는 창가가 세상의 전부 같았다. 창밖을 힐끗거리자 딸이 그런 205호의 모습이 딱했던지 옷장에서 파카를 꺼내왔다.

"산책이나 하러 갑시다."

205호를 휠체어에 앉힌 딸이 해변으로 나갔다. 해변 산책길에는 운동하러 나왔거나 어딘가로 바쁘게 걸어가는 사람들로 북적거렸다. 그들 사이에 끼여 있으니 205호도 살아있는 것 같았다. 딸이 밀고 가던 휠체어를 세웠다.

"저기 방음벽에 핀 장미꽃 좀 봐봐! 서로 이마를 맞대고 재잘거리고 있어."

손가락으로 장미를 가리키며 딸이 205호의 이마에 자신의 이마를 갖다 댔다.

"우리랑 똑같지? 킥킥."

"싱겁기는… 장미도 알고 보니 오월의 꽃이 아니구나."

205호는 자신을 꽃에 비유해 주는 딸이 싫지가 않았다. 딸은 205호를 웃게 해주려고 애를 썼지만, 205호의 눈길은 바람에 할퀴거나 찢어진 꽃에 머물러 있었다. 빛바랜 장미처럼 205호도 이제 바닷물로 뛰어내릴 비행술을 고민하고 있었다. 딸은 아마도 205호가 떨어지기 직전의 꽃이라는 걸 짐작하지 못하는 듯했다.

꽃향기를 맡고 있던 딸이 시멘트 턱에 쪼그리고 앉았다. 평지를 파헤쳐 놓은 휠체어 바퀴자국으로 눈길을 깊게 밀어 넣었다. 얼마의 시간이 그렇게 흘렀을까. 마른 입술을 달싹였다.

"그만 들어가자꾸나."

딸은 자신의 목에 감겨있던 머플러를 벗어 205호의 머플러에 덧씌우며 부스스 일어났다.

*

"아아."

205호는 이웃남자와 신음소리를 내며 바위 위를 뒹굴고 있었다.

"엄마, 엄마야?"

어디선가 딸의 목소리가 들렸다. 205호는 주변을 살폈다. 어린 딸이 두 손을 입에 대고 205호를 불러댔다. 저 가시나가 언제부터 거기에 와 있었지? 뭣 땜에 저렇게 목 터지게 불러대는 걸까. 저건 딸이 아니라 원수라고 생각했다.

"당신 딸이야! 그만 나갑시다. 나는 이쪽으로 나갈 테니 당신은 저쪽으로 나가시게."

딸이 남자와 205호를 번갈아 쳐다보며 갯바위를 올라오고 있었다. 남자와 205호는 바위 밑으로 급히 빠져나갔다. 205호는 지름길을 선택했다. 딸보다 먼저 집으로 돌아가기 위해서였다. 아니나 다를까 딸이 몇 걸음 늦게 집 앞 골목으로 들어섰다. 205호는 다짜고짜 딸의 귀싸대기를 갈겼다.

"이년아! 뭐 하다가 이제야 기어들어와."

"엄마 미역국 끓이자. 조개 따왔어."

"내가 조개 따오라고 시켰냐? 너 오늘 내 손에 죽어봐라."

딸이 겁먹은 얼굴로 205호를 피해 달아났다. 205호는 회초리를 들고 끝까지 쫓아갔다. 기어코 딸을 붙잡아서 두들겨 패고 머리채를 흔들었다. 어느덧 날이 어둑어둑해졌다. 딸의 정수리에서 뽑은 한 움큼의 머리카락이 손가락에 탱탱 감겨있었다.

겁에 질린 딸이 "엄마 잘못했어. 엄마 잘못했어."를 반복했다. 조그만 얼굴에는 커다란 손톱자국이 서너 줄이나 그어져 있었다. 어린 딸은 입술에서 흐르는 피를 낡은 원피스로 닦으며 "어머니 잘못했습니다."로 말을 높여가며 용서를 구하고 있었다. 하찮은 똥파리가 되어 두 손을 모아 싹싹 빌고 또 빌었다.

동백꽃이 한창 흐드러진 초겨울 날씨가 205호를 뜯어 말리듯 살을 꼬집었다. 앞서 걷는 205호의 뒤를 딸이 졸졸 따라왔다. 그날 이후에도 205호는 부도덕한 모습을 딸에게 보이게 되는 실수를 저질렀다. 그 실수의 숫자만큼 딸의 몸에도 지워지지 않을 크기의 흉터가 남겨졌다. 그러고는 모든 걸 지워버린 듯 다 잊었다. 그런 일은 살면서 얼마든지 비일비재 일어날 수 있다고 생각하며 까마득히 잊었다.

그렇게 다 지나가버린 그 일들이 무슨 영문인지 몰라도 지금, 이 순간 꼭 방금 일어난 일처럼 생생하게 되살아났다. 205호는 뇌 속 어느 부분이 잘못되지 않고서야 이럴 수는 없다고 생각했다. 기억이 생생해질수록 그때의 그날처럼 딸의 머리채를 휘어잡으려 애썼다.

몸에서는 힘이 불끈 치솟았다. 자신도 모르게 두 손이

자꾸만 딸의 정수리를 기웃거린다는 걸 알았다. 머리카락을 틀어쥐고 싶은 마음은 걷잡을 수 없었다. 꼭 그 짓을 해야만 아려오는 명치를 가라앉힐 수 있을 것 같았다. 205호는 딸의 머리카락을 잡으려다가 국그릇을 뒤엎었다.

"조심 좀 해."

딸이 국물을 행주로 닦아내며 짜증을 냈다. 205호는 치밀어 오르는 부아를 억누르느라 부르르 떨고 있었다.

205호는 밤하늘에 눈길을 두었다. 초겨울 별들이 눈알을 찔러댔다. 동공이 따끔거렸다. 205호는 딸의 머리채를 흔들어대던 그때처럼 텔레비전 리모컨을 정화수井華水인 양 침대 모서리에 올려놓고 신령님께 빌었다. 205호의 기도는 간절했다. 간절한 기도 덕이었을까. 갑자기 놀라운 일이 벌어지기 시작했다. 신령님의 모습이 205호의 눈앞에 나타났기 때문이다.

총총한 별들로 이루어진 신령님 앞에서 205호의 뼈마디는 욱신욱신했다. 척추뼈, 다리뼈, 복사뼈. 혼란스럽도록 불가사의한 별들로 이루어진 구조물에게 머리를 숙였다. 구석구석 떠오른 뼛조각이 사납게 노려보았다.

205호는 갑자기 두려웠다. 신령님을 피해 구름 뒤로 얼른 몸을 숨긴 채 손톱 밑에 가시로 박혀있는 어린 딸을 빼내려고 애썼다. 점점 가까이 다가오던 신령님의 뼈가 뼈마디를 짓눌렀다. 순간, 하늘이 시커멓게 변했다. 신령님이 콰르릉 천둥소리를 냈다. 그리고 번개를 휘둘러 정수리를 내리쳤다. 그래도 심사가 가라앉지 않았는지 신령님은 사지에 번개를 휘감아 바닥으로 패대기쳤다.

바닥으로 나동그라진 205호는 별무늬 그려진 손바닥을 말아 쥐고 허우적거렸다. 하늘이 끝없이 몸 위로 물을 뒤엎었다. 기겁을 한 205호는 침대 난간을 붙잡았다. 방 안까지 물이 들어찼다. 침대가 배처럼 이리저리 휩쓸렸다.

205호의 두 눈이 서서히 사물을 분간해 나가자 드러난 실상은 참담했다. 몸이 침대에서 굴러 떨어져 방바닥에서 버둥거리고 있었기 때문이다. 발목은 통증과 피멍으로 아려왔다. 몸은 이미 뿌리째 뽑힌 덩치 큰 나무에 불과했다.

휴대전화기를 찾았다. 단축버튼을 눌렀다. 저녁밥을 먹어야 할 시간이었지만, 딸은 전화를 받지 않았다. 딸에게 전화가 걸려올 때까지 처박힌 상태로 꼼짝없이 기다려야 했다. 205호의 몸은 흐물흐물 흐너지고 있었다. 얼마의 시간이 그렇게 흘렀던 걸까. 딸이 현관문을 열고 들어섰다.

　죽음의 문턱에 걸려 가늘어진 목소리로 빨리 일으키라
고 애원했다. 딸이 처박힌 205호를 얼른 침대 위로 끌어
올렸다. 빨리 병원으로 가자고 했다. 딸은 마치 205호를
병원에 처넣을 일에 신이 나있는 듯했다.

　205호는 딸이 얄미웠지만, 가슴인지 옆구린지가 아프
다고 하소연했다. 사람을 물건 다루듯 하는 병원으로는
들어가지 않겠다고 끙끙 앓으면서도 딸에게 두 눈을 흘겼
다. 딸은 205호의 생각에는 아랑곳없이 반듯이 누워있으
라고 다그쳤다.

　205호는 119에 신고하는 걸 뒤로 미루며 한참을 그렇게
누워있었다. 천천히 허리를 뒤척여 보았다. 역시 몸이 말
을 듣지 않았다. 골반 쪽에서 심하게 통증이 왔다. 지켜보
던 딸이 말없이 구급차를 불렀다. 곧이어 나타난 119 사
내들은 205호를 무슨 날짐승 낚아채듯 들것에 올렸다.

　거구의 사내들은 병색이 짙은 205호의 몸을 들어 올렸
겠지만, 늘어지는 205호의 몸은 한 송이의 꽃이라는 걸
그들은 모르고 있었다. 작은 부딪힘에도 상한다는 걸 알
지 못한 그들은 함부로 흔들거리며 계단을 내려갔다.

　오래 풍화되어 빛은 바랬으나 들것 위에서도 찔끔찔끔

나는 꽃이라고 205호는 비명을 질렀다. 좌절뿐인 205호가 잠시 공중에 떠 있었을 그 순간, 황당하게도 205호는 대궁이 위에 올려진 진짜 꽃이 되었다. 그때 205호가 올려다본 205호의 열려있던 창문이 되닫히는 것도 한순간이었다.

응급실 천장을 두리번거리는 205호의 동공 속으로 간호사들이 급하게 오고 갔다. 그리고 지루하던 각종 검사가 끝났는지 의사가 다가왔다.

"척추뼈에 금이 갔어요. 몸 상태가 워낙 안 좋아서 건들기보다는 가만히 누워 계시는 편이 좋을 것 같아요. 6개월만 누워 지내시면 부러진 뼈는 저절로 붙거든요."

"6개월을 누워있는 건 엄마가 못 견뎌요. 고쳐서 나갈 방법은 없나요?"

"굳이 빠른 회복을 바란다면 시술을 해야 합니다."

의사와 딸이 나누는 대화를 듣고 205호는 그만 집으로 가겠다고 떼를 썼다.

"누워서 대소변을 해결하려면 엄마가 더 힘들어. 수술도 아니고 시술이니 고쳐서 나가자."

딸이 205호를 설득했다. 똥오줌이라는 말에 풀이 죽은

205호는 별수 없이 딸의 의견을 따르고 있었다.

"침대 옆 변기통으로 발을 내딛다가 바닥으로 주저앉았어요."

의사에게 건네는 딸의 말을 들으며 205호는 딸년의 입을 찢어놓고 싶었다. 바닥으로 떨어져 버둥거리던 시간이 떠올랐기 때문이다.

206호 할망구와 저녁밥이나 함께 먹도록 해달라고 부탁했지만, 딸이 얼굴을 찡그렸다. 바쁜 일이 있다고 말하고는 휙 나가버렸었다. 딸이 205호의 부탁만 들어주었어도 그 시각에 206호와 저녁을 먹고 있었을지도 모른다고 생각했다. 그랬다면 잠들지도 꿈꾸지도 않았을 것이고 이런 사고는 더더욱 일어나지 않았을 것이었다.

심장이 약하다는 이유로 의사는 척추마취를 했다. 시술 과정을 두 귀로 오롯이 듣고 있어야만 했기에 더 비참해했다. 병마에 시달리느라 점점 정신이 쇠약해져 갔다. 그러다가 결국 문제를 일으켰다.

"의사가 네모난 고기를 내 등판에 붙여놓던데 아직도 잘 붙어있나?"

난데없는 205호의 말에 딸이 황당하다는 눈빛이었다. 205호는 맞은편 환자의 보호자를 자세히 살피고 있었다.

"저 여자는 이마에 옥수수가 붙어있구나."

205호는 옥수수를 떼내려고 젊은 여자의 이마를 할퀴었다. 놀란 딸이 얼른 여자에게 죄송하다며 사과를 했다.

"이 아저씨 머리는 세모구나."

이번에는 남자의 머리를 베개로 후려쳤다.

"엄마, 제발 이러지마."

"놔라 미친년! 이리와, 너도 머리카락 몽땅 뽑아버릴 테니."

눈빛이 급격히 달라지는 205호를 보고 딸이 급히 간호사를 데려왔다. 왜 이런 증세가 생겼는가를 물었다. 간호사는 정신적 충격에서 오는 일시적 치매 증세라며 퇴원하면 괜찮아질 거라고 대수롭지 않게 말했다.

실려 나갔던 구급차에 되실려서 돌아온 205호는 바닷가 방음벽에 핀 꽃이었다. 눈에 띄게 쪼글쪼글 말라갔다. 그래서일까. 205호의 눈길은 늘 뛰어내릴 유려한 곡선을 향해 있었고, 그런 눈길 위에 딸은 어떤 위로의 말을 얹어주어야 할지 곤욕을 치루고 있었다.

*

창틀에 놓인 장미분재가 병증을 나타냈다. 그까짓 찬바람이 뭐가 무서워서 시들시들 잎사귀에 죽음을 매다는 걸까. 병원 시술로 생명을 연장해서 돌아온 205호는 화초에 무슨 시술이라도 하는 것처럼 노련한 손놀림으로 의사처럼 굴었다.

205호가 하루 내내 분재의 죽음을 조절했지만, 낡아 삐걱거리는 것들은 아무리 보수공사를 해놔도 소용없었다. 뿌리가 병들더니 가지까지 말라갔다. 삐딱해져 버린 205호의 허리처럼 나무의 중심도 휘어졌다.

분재도 205호도 몸부림쳐 봐야 깨끗한 회복이란 없었다. 운동이 부족해서 그런지 소화력도 약해졌다. 음식을 먹으면 위장이 더부룩하고 부대꼈다. 205호는 딸에게 일일이 말하지 않았다. 말해봤자 약봉지만 늘어날 뿐이었다.

"파래무침도 있고 동태찌개도 있는데 왜 밥을 안 먹어?"

"입맛이 없구나."

"귀찮지는 않은데 안 먹으니까 반찬 해주는 보람이 없

잖아."

딸이 다시 죽을 끓여왔다. 그러고는 죽도 못 삼킨다고 짜증을 냈다. 딸이 205호를 피해 다니기 시작했다. 작은 방이나 주방 근처로만 빙빙 돌았다. 206호 할망구가 현관 문을 밀며 들어왔다.

"침대에 발목이 묶여보니까 알겠더라고요. 족쇄가 따로 없어요."

206호가 205호를 위로했다. 206호는 당뇨 합병증으로 발가락 수술을 하고 돌아왔다. 병원에서 간병인 없이 혼자 휠체어를 사용하다가 척추를 다쳤다고 했다. 돈을 아끼려다가 수술범위만 더 커졌다고 하소연했다.

"너울 파도가 지나간 거요."

205호는 206호에게 너울 파도가 지나간 거라고 강조했다. 뒤돌아보면 그랬었다. 딸에게 치부가 드러나던 날도, 정강이뼈가 분질러지던 날도, 척추가 내려앉은 날도 다 너울 파도가 덮친 것 같았다. 단단히 침대에 고정시켜 놓은 발목의 쇠고리를 끊어낼 사람은 이 세상에 단 한 명도 없는 듯했다.

206호가 집으로 돌아간 후, 205호는 창밖의 허공에 멍하니 눈길을 두었다. 딸이 휴대전화기를 귀에 대고 친구들과 수다를 떨고 있었다. 205호에는 관심을 두지 않았다. 저렇게 전화질만 해대면서 병시중을 든다고 말하는 게 얄미웠다.

"그만 집으로 가거라."

205호는 딸이 노닥거리는 말소리가 듣기 싫었다. 마침내 딸이 시계를 쳐다보더니 현관문을 밀고 나가버렸다.

*

점점 기운이 쇠했다. 화초 가꾸기도 힘에 부쳤다. 화초에 관심을 끊으니까 소리에 민감해졌다. 늙으면 귀가 어두워진다는 말도 거짓말 같았다. 예전에는 들리지 않던 소리들이 들렸다.

귀를 기울여 보면 대부분 낮에 사람들이 흘려놓은 말들이었다. 말들은 공중을 떠돌다가 극도로 예민해진 205호의 귀에 와 닿았다. 소리에 예민해지자 몸에서는 꽃향기가 났다. 다들 구린내가 날까 봐 몸에 코를 대고 킁킁거렸지만, 오히려 반대였다.

몸의 향기는 누군가가 흘려놓은 말과 새끼줄처럼 비비

꼬였다. 꼬인 줄을 잡고 허공으로 올라갔다. 올라가다가 어느 지점에 걸려버리기를 반복했다. 눈살을 찌푸렸다. 도대체 어느 거점에 있으라는 거지? 사람도 아니고 귀신도 아닌 걸까.

205호는 자주 허공 중간에 걸려 있곤 했다. 실에 묶여 누군가의 손에 쥐어진 풍선 같았다. 허공에 가부좌를 틀고 앉아 바닥을 내려다보았다. 내려다보는 두 눈이 한껏 탈색되었다. 세상 사람들과는 점점 이질감을 느꼈다.

오늘은 왠지 딸의 기분이 심란해 보였다. 어디서 가져왔는지 모르지만, 두꺼운 컬러판 잡지를 들고 왔다. 온종일 그것만 뒤적거렸다. 딸은 훗날 레스토랑을 운영할 거라고 했다. 아무래도 그 잡지에는 레스토랑 음식, 실내장식, 뭐 그런 광고가 실린 책 같았다. 205호는 으스스 몸이 떨렸다.

"춥구나. 두꺼운 이불 좀 꺼내다오."

"나는 별로 춥지 않은 것 같은데… 추워?"

딸은 이불을 바꿔주고는 심드렁한 얼굴로 방을 나갔다. 휴대전화기를 들고 거실 소파에 앉아 친구들에게 전화를 걸었다.

"얼음판에 꽂아놓은 칼날을 핥는다고 바빠… 오빠는 내 덕분에 편안하게 늑대를 잡는 거고. 사십 대가 오롯이 잘려나갔어. 피맛에 중독된 거지…."

소곤거리는 딸의 말소리가 205호의 귀에는 들렸다. 딸이 지껄이고 있는 저 말뜻을 알고 있었다. 언젠가 들은 적이 있는 이야기다. 에스키모인의 늑대사냥법이다. 에스키모인들이 얼음바닥에 동물의 피를 묻힌 칼을 거꾸로 꽂아놓곤 했다. 그러면 늑대가 그 피의 냄새를 맡고 다가와 칼날을 핥기 시작한다는 것이다.

처음에는 칼날에 묻은 피를 핥지만, 차츰 차츰 칼날에 묻은 자신의 피를 핥게 된다. 자신의 혀가 베이는 줄도 모르고 계속해서 칼날을 핥는 늑대는 그 피가 자신의 피라는 걸 알지 못한다. 늑대가 칼을 핥다가 출혈 과다로 쓰러져 죽으면 에스키모인들이 죽은 늑대를 가져간다는 이야기다.

"나도 모르게 늑대가 되어버렸어. 유혹도 이런 유혹이 없다니까. 서서히 죽어가는 것 같아…."

'저 이야기를 대체 왜 하는 거지? 옳아, 그러니까 그 에스키모인의 늑대사냥법이 이 방 한가운데에서도 벌어지고 있다는 거잖아? 미친년! 너는 절대로 포기하지 못해.

그래. 오십 대도 피 맛을 보이며 설렁설렁 잘라주마. 이 늑대년아! 내 약봉지 어디로 치웠어?'

205호는 아무도 없는 밤이면 더 큰 소리로 고함을 질렀다. 눈두덩이 벌게지도록 울기도 했다. 침대 위에서만 뒹굴다가 죽으리라 마음먹었다. 의욕이 강하다 보니 목숨도 질겼다. 차라리 죽어가는 시간을 더 오래 다독이고 매만지고 싶었다.

온몸이 물고기에게 뜯어 먹혔거나 얼굴이 통째로 없어진 채로 바닷가로 떠내려 온 시신들이 보였다. 몸통과 머리통은 무사한가를 확인했다. 갑갑한 마음이 자꾸만 망상을 끌어들였다. 공연한 망상에 시달린 뒤에는 배가 고팠다. 언젠가는 바닷물에 휩쓸려 갈 것이다. 그때를 대비해서 많이 먹어둬야 했다. 실상은 잘 먹어지지 않았지만 허기는 끝없이 밀려왔다.

터무니없는 걱정이 점점 현실과 먼 하루하루를 살게 했다. 돌이켜 보면 젊은 날도 답답했을 때가 많았다. 전기가 끊겼을 때가 그랬고, 사람들이 죽어나갔을 때도 그랬다. 세상살이가 버거울 때마다 자신도 모르게 나무 위로 올라갔다. 재난은 대부분 저지대를 덮쳤기 때문이다.

어둠이 드리워진 밤하늘에는 바다에서 죽은 자들의 눈

초리가 내리꽂히는 것 같아 움찔했다. 밤이면 죽음에 대한 공포가 더 심해졌다. 매일 밤 수면제를 복용하고 나서야 잠을 청했다.

*

아침에 딸이 현관문을 밀고 들어왔다. 침대 모서리에 처박혀 버둥거리는 205호를 발견하고는 얼른 안아 침대 위로 올려주었다. 퀭해진 눈도 이리저리 살폈다.

"또 떨어졌네. 이 피멍은 어쩌누, 잠도 못 잔 것 같은데…."

딸이 지난밤을 자꾸 캐물었다. 대답이 빤했지만, 입을 달싹이며 말했다.

"아무도 없는 밤이라서 슬그머니 침대에서 내려와 본 거야."

"의사가 말했잖아. 기침만 크게 해도 내려앉을 뼈라고."

"내 몸뚱이는 내가 짐작해 봐야지. 혹시라도 걸을 수 있을지 아느냐."

이번에도 공연한 병원행만 만들고 말았다. 왼쪽 정강이를 금속 뼈로 교체시켰다. 척추뼈는 풍선을 넣어 시멘트를 붙이는 시술을 했다. 이미 몇 차례 해왔던 일이기에 이번에는 풍선 없이 시술해 보자고 의사가 권했다. 딸이 그 방법을 받아들였다.

자신 있다던 의사는 시술 중에 시멘트가 척추신경으로 흘러드는 사고를 내고 말았다. 그 일로 변기통으로 내려가는 일조차 불가능해졌다. 어차피 걷는 게 더 위험할 수 있다는 판단에 딸은 의사의 부주의를 조용히 덮었다.

신중을 덜 기울인 의사가 원망스러웠지만, 딸이 덮어버리니 별수 없었다. 걷는 것에 완전히 미련을 버렸다. 결국 예상대로 너울 파도에 조난당한 자가 되어버렸다. 침대는 배 같았고 방바닥은 바다 같았다. 침대에서 방바닥으로 내려서는 건 엄청 위험했다.

창밖에는 딸이 낯선 늙은이와 깔깔거리고 있었다. '늙대년!' 딸이 듣기라도 한 것처럼 힐끗 고개를 돌려 쳐다봤다. 딸과 눈이 마주치자 205호는 주눅 든 사람처럼 고개를 떨궜다.

"엄마는 그래도 복 많은 노인이에요. 칠 남매가 오롯이 같은 지역에 모여 살잖아요. 모두들 엄마를 떠받들고 있으니 이런 가족구조도 없거든요. 엄만 그걸 모른다니까요."

'저년 저! 말하는 것 좀 봐. 이젠 대놓고 흉을 보네. 일본강점기와 6.25를 겪었고 칠 남매를 키우며 농사일까지 뼛골 빠지게 하다가 정신 차려보니 어느새 백발이었건만, 네년이 똥오줌 못 가리도록 산다고 구박하는구나. 네년이 아무리 지랄을 떨어도 나는 이제라도 제대로 살아볼 참이여….' 205호는 딸을 향해 이를 빠득빠득 갈았다.

손바닥과 손등을 엎었다 젖혔다 하듯 병원과 집을 반복해서 들락거렸다. 젊었을 때는 병이 날까 봐 보약이다 뭐다 사먹으며 몸을 사렸는데 구십 줄의 늙은 몸은 그 어떤 방법도 없었다. 고쳐도 영원히 못 살 바에는 차라리 몸을 신명나게 분지르고 싶었다. 목숨을 낭비하고 싶었다.

오래 살면 깊디깊은 골짜기까지 침범당하는 듯했다. 그 누구도 넘어와선 안 될 안쪽이 쓰렸다. 너울 파도에 휩쓸려가던 자의 눈빛이 205호의 눈에서도 희번덕거렸다.

늙고 병든 시간을 흥청망청 쓰면 백화점 VIP들의 즐거운 소비 같을까? 아까울 것 없는 몸을 분지르며 낭비할 때 오히려 더 신명이 날 듯했다. 이까짓 살아있음이 뭐가 대수라고, 창가에 아침 해가 몇 번을 더 다급한 비명으로 걸리게 될지. 세어보던 숫자 따윈 잊기로 했다.

*

"엄마 돌보는 일이 끝나면 레스토랑을 개업할 거야. 엄마는 자식들 중에서도 유달리 나만 구박했어."

딸이 또 205호의 평온을 일그러뜨렸다. 딸의 혓바닥에 돋은 미각 돌기는 어떤 맛을 짚어내는 걸까. 본인의 피맛 외에도 시큼털털한 맛이 느껴지지는 않은지. 그 어떤 미식가도 맛보지 못했을 맛을 선보이고 있었다. 예전에 어머니에게서 맛봤던 그 지독히도 아리고 시큼털털한 맛을 딸에게 퍼 먹인다는 게 즐거웠다.

사람들은 205호에게 남은 수명을 되도록 짧게 인지했다. 그때마다 얼마나 부담스러웠던가. 205호는 비워놓을 가족관계의 여백에 대해 생각하다가 돈도 자식도 사용할 건 다 사용하고 간다는 걸 생각했다. 205호도 자식들도 서로 아쉬움 따윈 없을 것 같았다.

205호는 여전히 잘 살아내고 있었다. 다만 시간이 한 뭉텅이씩 뽑혀나갔다. 하루에 일 년 치의 시간이 지나갔다.

몸이 서서히 녹아내렸다. 똥을 쌌고 딸은 말끔히 치웠다. 침대 밑 서랍에서는 지갑이 수없이 들락거렸다.

"많이 주지 않아도 돼. 똥이 예쁜데 뭐."

똥을 치우는 딸의 혀끝에서 피의 농도가 느껴졌다. 하이힐을 신은 늑대가 연한 혀로 자꾸만 칼날을 핥았다. 딸의 입에서는 피 꽃이 툭툭 터졌다. 팽팽하게 부푼 한 모금의 피 봉오리가 비린지 딸의 혀가 배배 꼬였다.

달이 밝게 떠 있었다. 저 달도 바다에 뜬 배의 형상이었다. 막막한 허공을 지나가던 구름이 달의 이마를 짚었다. 205호와 청춘을 함께 보낸 사람들을 찾아보았다. 빨리 그들을 만나야 한다. 그들이 몹시 그리웠다.

병원에서 처방받은 약을 꼬박꼬박 챙겨 먹었다. 그런데도 205호는 점점 위독해졌다. 응급실로 옮겼고 또 링거를 꽂았다. 급하게 수액 다섯 병을 맞았다. 신장이 다 망가졌다는 진단이었다. 투석을 해야 할지도 모른다고 했다. 수분은 공급되지 않는데 수분 빼는 약물이 과다복용 되었다는 것이다.

혼수상태였지만, 그들이 나누는 말은 인지하고 있었다. 순 엉터리였다. 약의 주의사항에 세심하지 못한 딸이 단

한 알의 약도 뺄 수 없다며 꼬박꼬박 먹이던 모습이 떠올랐다.

의사는 장례식 준비를 암시했다. 아들은 205호가 묻힐 곳을 손보기 위해 고향으로 내려갔다. 딸은 아직은 안 된다며 동동거렸다. 해결 안 된 무언가가 남아 있는지 살릴 수 있다면 방법을 가리지 말아 달라고 의사에게 부탁했다. 의사는 딸의 부탁을 시행해 보기로 했다.

그 순간부턴 음식은 물론이고 물 한 모금도 허락되지 않았다. 생명을 다한 장기를 죽은 사람의 장기처럼 쉽게 한다는 거였다. 링거만 꽂은 채 꼬박 일주일을 지냈던가. 신기하게도 장기는 약하지만 다시 제 기능을 찾아갔다. 죽음의 터널에서 또 빠져나온 것이었다.

창밖 화단에서는 난데없이 장미꽃 몇 송이가 피어났다. 겨울에도 장미가 핀다는 게 신기했다. 바닷가 방음벽에 기대어있던 장미처럼 지나가는 사람을 힐끗 쳐다봤다. 부모도, 친척도, 친구도 다 잃은 205호에게 '엄마 없이도 살아갈 수 있을 것 같다.' 라는 딸의 목소리가 들릴 때까지 엉치뼈가 뻐근하도록 눌러앉았을 뿐이라고 내놓을 변명을 찾아냈다. 어디선가에서 딸의 한숨 소리가 들렸다. 눈물을 꿀꺽 삼켰다. '너덜하게 닳은 이야기지만, 너희들에게 좀 더 오래 들려주고 싶었다.' 낮게 읊조렸다.

"일어나 있었네. 푸딩 가져올게."
"오늘도 눈을 반들거리며 살아 있어서 미안하구나."
"살아 있어야지, 엄마는…."
밑이 찌릿찌릿 아팠다. 소변주머니와 연결된 플라스틱 호스가 막혀 있었다. 이불에 오줌이 샜다며 딸이 얼굴을 찌푸렸다.
"겨울인데도 모기가 있어. 바닷가 모기라 독하더라."
아픈 통증을 가라앉히기 위해 몸을 둥글게 말았다. 몸은 나날이 항아리처럼 동그랗게 말렸다. 그리고 그 상태로 굳어갔다. 다행히 두 귀는 아직도 말랑했다. 통증을 잊기 위해 틈만 나면 소리에 집중했다.
205호의 귀만큼 딸의 몸놀림은 간들간들 흔들리는 강아지풀 같았다. 가볍게 흔들리는 딸의 몸짓이 부러웠다. '몸을 버리면 나도 저렇게 될까?' 마음은 벌써 몸을 떠나 침대를 타넘고 창밖으로 날아갔다. 족쇄에서 발을 빼내니까 새가 되었다. 새는 가야 할 방향을 몰라 두리번거렸다.
"딱 두 숟가락인데 마저 먹어봐."
딸의 목소리가 205호를 황폐한 침대 위로 되눌러 앉혔다.

"넘기기가 어렵구나."

딸이 205호의 입술에서 숟가락을 거뒀다. 딸이 기저귀를 갈아주면서 엉덩이를 꼬집었다. 쓰리고 아팠다. 꼬집지 말라고 얼굴을 찌푸렸다. 딸은 꼬집은 게 아니라 욕창으로 예민해진 부분이라고 말했다. 빳빳하게 풀 먹인 옷을 입고 있었지만, 푹 꺼진 눈을 보면 몸 어딘가가 썩어가고 있다는 느낌이었다. 한 번도 경험해 보지 못한 또 다른 통증이었다.

밤은 늘 등뼈 위로 찾아왔다. 몸무게는 점점 가벼워졌다. 구십 년산 무중력이 종잇장 같았다. 땅은 디딜 수 없었으나 허공에서는 원하는 방향 어디로든 휘돌았다. 205호는 점점 신령님 앞으로 질질 끌려가고 있었다. 이젠 두렵지 않다고, 다만 꿈결에 오시어 응징하시라고, 신령님께 빌었다.

간밤에 장미분재가 모로 누웠다. 단 한 번도 벗어보지 못한 가죽신발을 벗어놓았다. 칼바람이 구두를 강제로 벗겨버렸으니 분재는 길을 놓아야만 했다. 다시는 직립이 되지 않겠다는 듯 바닥에 드러누워 꿈쩍도 않았다. 다 뜯어 먹혀도 상관하지 않겠다는 듯 바람의 송곳니에 온몸을 내맡겼다.

딸이 장미분재의 등뼈를 수직으로 세워보려 애썼다. 꼿꼿하게 일어나길 바랐지만, 스르르 누웠다. 소소한 이야기 몇 개가 바람에 팔랑거렸다. 쓰러진 장미분재 주위로 수염 다친 벌과 날개 찢긴 나비가 몰려들었다. 그 누구도 낡음이 누추하지 않은 듯 '엄마 엄마' 부르며 볼을 비볐다.

205호는 꽃대 위 꽃이었다. 학처럼 고고하게 외발로 일어섰다. 그리고 퍼덕퍼덕 퇴화의 날개를 흔들었다. 이파리로 둘러앉은 자식들이 꽃인 205호를 받쳐 들고 흐린 눈으로 올려다보고 있었다.

'내가 너희의 힘이었고, 너희가 나의 힘이었다는 것을… 오랜 비바람을 견뎌낸 후에야 알게 되었구나. 먼 산에 슬픈 눈길을 수없이 얹어보고서야 깨달은 이 미련한 어미를 용서해다오.'

누군가가 그런 몸을 안고는 가볍다 가볍다 말했다. 205호는 언제까지나 꽃일 수는 없었다. 허공의 완강한 힘에 저항하며 눈꺼풀을 힘겹게 여닫았다. 남매의 눈길과 205호의 눈길이 서로 애써 모르는 척했다. 그래도 슬픔은 끈질기게 따라붙었다. 필 꽃을 위하여 순순히 자리를 내주고 떠나는 205호의 입술이 달싹거렸다. '205호 방 안에서 꼭꼭 싸매진 상한 이야기들을 두 번 다시 풀어보지 말거라.'

오랜 병구완에 지칠 대로 지친 자식들의 얼굴이 한 무더기 꽃송이로 일렁거렸다. 딸이 눈물을 뚝뚝 흘렸다. 죽을 떠먹이고 기저귀를 갈던 손으로 205호의 손을 조몰락거렸다. 날개 여닫은 수만큼 마모된 꽃잎 몇 장이 바닷물에 호르르 떨어졌다.

달방

15층 호텔에서 내려다보는 시애틀의 밤은 온통 낯설었다. 보이는 풍경도, 지나다니는 사람의 얼굴도, 주고받는 언어도, 마치 나와는 별개라는 듯. 바깥세상은 프레임 안의 나를 완전히 분리했다. 철저하게 단절된 공간에 든 나는 고치 속 한 마리의 벌레 같았다.

그렇다면 내가 그토록 꿈꿔왔던 그 일이 정말로 이루어졌다는 것일까. 나는 큰 평수의 아파트와 여러 개의 방이 딸린 다세대주택을 놔두고, 왜 하필 한 달에 한 번씩 월세를 지불해야만 하는 단칸방을 마련하고 싶었을까.

호텔은 마치 허공에 뜬 보름달 같았다. 그래서 자꾸만 달 안에 든 것과 같은 착각이 들었다. 덩그렇게 홀로 부푸는 달, 그 달 안에 간절히 들고 싶었던 나는, 꾹 다문 입술과 웅크린 목살로 앙상한 나뭇가지에 매달려 다가오는 시간을 거꾸로 매달고 있었다.

이윽고 달방에 든 내 어금니가 꾸역꾸역 은백銀白의 실타래를 풀어내기 시작했다. 싱글족도 아닌, 주부主婦가…. 변신의 무늬, 날개를 장식하느라 환한 방. 그 방은 나만의 비밀의 성이었다.

*

시애틀에 온 지는 한 달하고도 벌써 보름째이다. 다운타운의 화려한 모습을 내려다보고 있자니 상대적으로 우울해졌다. 어느덧 아이스커피가 생각나는 오월이지만, 흐린 시애틀의 허공은 쓸쓸하기만 했다. 어디서부터 꼬여버린 것일까. 그리고 누구의 잘못인 걸까. 나일까, 남편일까, 아니면 미희일까.

나는 커피 한 모금을 입 안에 물고 혀끝으로 이리저리 굴렸다. 카페인에 취약해 마시기를 꺼려했던 커피였지만, 시애틀이라는 지역 탓인지 하루 서너 잔은 마셨다. 덕분에 낮과 밤이 뭉개져 버렸다.

불투명한 나의 앞날과 닮아있는 시커먼 액체가 목구멍을 타고 내려갔다. 심장이 벌렁거렸다. 카페인 탓이었다. 나는 언제까지 이곳에 머무를 수는 없었다. 다시 한국으로 돌아가서 끊어놓았던 시간을 이어가야만 했다.

돌아가야 된다는 생각에서일까. 갑자기 명치에서 울컥, 울분이 치받쳤다. 남편에 대한 원망의 감정이었다. 뭐랄까, 그래도 남편만은 나와 아이들의 든든한 울타리가 되어줄 것이라 믿었었다.

남편과 나는 시소의 긴 통나무 양쪽 끝에 앉아 서로 오르락내리락하며 결혼생활을 유지하고 있었다. 그런데 어느 순간, 남편이 그 통나무 위를 말없이 내려가 버렸다. 상대적으로 힘껏 땅바닥으로 패대기쳐진 나는 남편조차 확고한 믿음이 될 수 없다는 사실에 당황했다.

한동안 방향을 못 잡고 비틀거렸다. 바보처럼, 왜 쉰이 다 된 지금에 와서야 그 사실을 깨닫게 되었을까. 하염없이 내려다보는 창밖과 흐린 허공에는 어둠을 뚫은 달빛이 어느새 건물과 건물 사이를 어른거렸다.

익숙하지 않은 풍경을 바라보는 내 두 눈이 가늘어졌다. 머릿속엔 온갖 잡념들이 끊임없이 우글거렸다. 차라리 컴퓨터를 켜야겠다고 생각했다. 엑셀로 그림을 그리기 위해서였다. 머릿속 잡념을 정리하는 데에는 그만한 방법도 드물었다.

한때, 명상을 해보라는 의사의 처방을 받고도 명상 방법에 대해 막연해하던 내가 우연히 컴퓨터의 로컬 C와 E 드라이브의 저장 공간이 나의 뇌 저장고와 비슷하다는 걸 알게 되었다. 그 무렵부터 컴퓨터를 가까이하게 되었고, 엑셀을 이용해 그림도 그렸다. 나만의 명상법이었다.

시트의 원하는 부분에 드래그하자, 사각형이 그려지면서 네모난 점 조절 포인트가 나타났다. 원하는 개체를 만들었으니 선과 색, 무늬를 변경했다. 주로 도형 기능을 짜깁기했고, 외부 풍경을 갖다 붙이는 기법을 적용했다. 그림은 손맛이라고, 연필을 들고 직접 종이에 그리는 것과는 비교할 수 없었지만, 마우스를 연필 대신 잡고 드로잉에 열중하다 보면 그 일에 푹 젖어들었다.

화면에는 어느새 얇지만 빳빳하게 서 있는 담벼락과 그 담벼락에 기댄 장미꽃이 조화를 이루고 있었다. 장미는 오래전부터 나의 레퍼토리였다. 마우스를 잡고 몰입하다 보면, 담벼락을 뒤덮은 장미의 소용돌이가 묘한 기하학적 패턴을 이루었다.

과연 내가 그려놓은 저 장미가 추구하는 곳은 어디일

까. 그림판 위의 장미는 어둡고 차가운 밤공기를 뚫고 있었다. 마치 어떤 출구를 모색하고 있는 듯했다. 장미는 서로 고개를 맞대고 재잘거리다가 때로는 손을 흔들었다.

노란색 장미는 밤하늘 달빛을 받아 더욱더 지고지순해 보였다. 바람이 장미의 얼굴을 할퀴고 지나갔다. 보름달이 숨죽이며 그 모습을 지켜보고 있는데도 불구하고, 바람은 어여쁜 장미의 얼굴을 자꾸만 담벼락 아래로 처박았다. 이 한적하고 협소한 장소에도 세상 풍파는 깃들어 있었다.

가녀린 장미의 손목이 오래도록 떨리는가 싶었는데 다시금 주먹을 쥐는 듯 불끈해졌다. 살기 위해서는 손끝에 닿는 무엇이라도 낚아채야만 했다. 움켜쥔 이상, 그 손아귀는 결단코 풀지 않겠다는 결의가 엿보였다.

그래서일까. 장미는 오월이 지나가고 겨울한파가 찾아와도 시드는 일 없이 곧바로 봄과 연결해 버리곤 했다. 장미는 수직으로 팔을 뻗었다. 장미 한 송이가 넌출, 담장 밖으로 뛰쳐나갔다. 뛰쳐나간 장미가 말을 건넸다.

"무슨 문제죠?"

"로컬 C와 E 드라이브의 저장 공간이 부족해서 인쇄기가 깔리지 않아요. 차라리 두어 시간 뒤에 재방문할 테니 저장해 둔 불필요한 영화나 음악만이라도 삭제해 놓으세요."

새로 구입한 인쇄기를 기존 컴퓨터에 깔고 있던 기사가 고개를 갸웃거리며 대답했다. 기사의 말을 듣고 있던 나는 문득, 얼마 전 응급실에서 의사에게 듣던 말과 비슷하다는 걸 느꼈다. 머릿속 저장 공간이 꽉 차서 그래요. 명상을 통해서 비워내세요. 의사는 현기증으로 쓰러진 나에게 뇌의 저장 공간이 문제라고 말했었다.

컴퓨터 앞에 앉았다. 기사가 시키는 대로 화면을 들여다보며 아이들에게 물었다.

"이 음악 아직도 들어?"

"아니, 옛날 노래야."

"이건?"

"그것도 안 봐."

내가 마우스를 누를 때마다 저장해 둔 영화나 음악이 삭제되었다. 마치 뇌 속에 쓸데없이 웅크리고 있는 것들을 정리하는 듯했다. 어느새 기사가 재방문했다.

"적당히 지워놓으셨네요. 나머지는 제가 해결해서 가져오겠습니다."

기사는 개인이 쓰는 USB로는 저장된 걸 다 꺼낼 수 없다고 했다. 그는 본체를 자신의 작업실로 가져가서 대용량기계로 빼낸 뒤 다시 차곡차곡 되갈아오겠다며 컴퓨터를 들고 나갔다. 왜 이렇게 정신없는 여자가 되어버렸을까. 초등학교 동창생이기도 한 남편이 한몫했음은 틀림없었다.

남편과 나는 매년 연말이면 동창회에 참석하곤 했다. 동창들 사이에서 남편은 머리 좋고 유머러스해서 인기인이었다. 그런 남편이 언제부턴가 집안을 돌보기는커녕, 무엇엔가 정신이 팔려있었다. 그 무렵이었다. 백화점에서 우연히 남편과 함께 있는 미희와 마주쳤다. 두 사람은 스카프를 고르는 중이었다.

"이 시간에 두 사람이 어쩐 일이야?"

"어쩐 일이긴, 우연히 만났지."

당황스러워하는 나와는 달리, 미희는 남편이 골라준 스카프를 목에 두르며 천연덕스럽게 대답했다.

"당신은 회사에 있어야 할 사람인데 백화점은 뭔 일이죠?"

이번에는 남편에게 물었다.

"외주업체에 나갔다가 들어가는 길에 넥타이나 살까

해서 들렀는데 미희가 있더라고."

남편이 변명했지만, 넥타이라면 내가 사주는 것 외에 남편이 직접 사는 일은 거의 없었다.

"그러면 넥타이나 구입하지 미희 스카프를 당신이 왜?"

"이 사람아, 동창을 백화점에서 만났는데 스카프 하나는 사줘야지."

그들의 만남을 의아해하는 나에게 어이없게도 그들이 도리어 나를 나무라고 있었다. 둘은 같은 편이 되어 나를 속 좁은 여자로 몰아갔다. 불쾌해진 나는 그들을 뒤로하고 먼저 집으로 돌아와 버렸다.

나와 미희는 비슷한 시기에 결혼해서 같은 지역에 살고 있었다. 그래서 미희에 관해서라면 모르는 게 없었다. 마냥 믿고 넘어가기에는 뭔가가 꺼림칙했지만, 그렇다고 민감하게 굴기에도 상황이 모호했다. 어쩔 수 없이 나는 그들을 믿기로 하고 그 일을 덮어버렸다.

미희는 사업가와 결혼해서 부유하게 잘살았지만, 회사가 부도나자 이혼해 버렸다. 아이는 남편에게 떠넘겼다. 위자료까지 톡톡히 받아냈었지만, 일찌감치 탕진해 버렸다.

몇 년 전부터 그녀는 학습지선생으로 가정집 방문을 다니고 있었다. 그때 학생의 아버지인 이혼남을 만나 재혼을 꿈꾸더니 그 남자 역시 경제사정이 나빠졌다며 헤어졌다. 미희는 남자 없이 못 견디는 여자였지만, 돈 없이는 더더욱 못 견디는 여자였다.

미희와는 어릴 적부터 앞뒷집에 살았다. 서로 눈만 뜨면 만나는 사이였으니 가족이나 다름없었다. 그런 미희의 이성관과 성(性)문제라면? 이미 오래전부터 많이 봐온 일이었다. 어느 날 미희와 마주 앉아 어릴 적 기억을 더듬다가 언쟁이 오고 갔다.

"기억나니? 어릴 때 홍화 집에서의 일이잖아. 홍화가 더 놀자고 졸랐을 때…"

내가 떠올리는 기억에 미희는 묘한 표정을 지었고, 상기하듯 눈을 반짝였다.

"홍화가 우리 앞을 가로막으며 가지 마! 가지 마! 했고?"

미희는 당연히 기억한다는 듯 킥킥 웃으며 대답했다. 잠지 보여주면 더 놀아줄게. 미희는 홍화에게 엉뚱한 제의를 했고, 망설이던 홍화가 팬티를 벗었다. 더 벌려 봐. 더 벌려. 더. 미희의 짓궂은 요구에 홍화는 양 손가락으로 그곳을 벌리고 앉아 우리가 집으로 가버릴까 봐 불안해했다. 미희는 홍화의 그곳을 들여다보며 킥킥거렸다. 미희의 당돌한 제의가 충격이었던 나는 지금도 그 일이 가끔 떠오르곤 했다.

"여섯 살 아이였는데… 영향이 갔을 거야."

"뭐? 너 말 참 묘하게 한다. 그러니까 네 말은 내가 일찌감치 홍화에게 나쁜 영향을 끼쳤다는 거잖아?"

"그게… 꼭 그렇다는 게 아니라…."

"어이없어서 정말. 걘 그냥 야시시한 애야. 중학교 때 몰래 영화관에 갔을 때도 에로틱한 장면이 나올 때마다 다리를 꼬며 이상한 신음소리를 내던 애야. 걘 이미 그쪽으론 남달랐어. 알겠니?"

미희는 불쾌하다는 듯이 얼굴을 붉히며 화를 냈다.

"홍화가 남학생들에게 집단 성폭행을 당했을 때도 네가 불러낸 거라며?"

잔뜩 기분 나빠져 있는 미희에게 나는 또 다른 기억을 꺼내놓고 말았다.

"뭐야! 넌 그 일도 내 탓이라고 여겼니?"

미희는 때릴 듯이 내 어깨를 밀쳤다.

"터지는 일마다 네가 끼어 있었잖아."

"나랑 헤어져서 집으로 돌아가던 길에 사고가 터졌더라. 뭘 제대로 알고나 말해."

미희는 나를 노려보며 억울하다는 듯 길길이 날뛰었다. 나는 날뛰는 미희를 보며 공연히 풀이 죽었다. 홍화가 겪은 일과 홍화가 걸어간 길이 무언가 모르게 께름칙했었지만, 그렇다 하더라도 그건 전적으로 홍화의 선택이었을지도 모르는데 나는 왜 자꾸만 그 일을 미희에게 물어보려 했는지 알 수 없었다.

"미안해."

주먹을 불끈 쥐고 부르르 떨고 있는 미희의 손목을 당기며 사과했다. 미희는 얼른 내 손을 뿌리치며 자신의 손목에 새겨진 장미 문신을 가렸다.

"그게 뭐 감출 일이라고."

나는 미희의 행동에 피식 웃다가 문득, 손목에 문신을 새기게 된 일도 미희였다는 사실을 떠올렸다.

중학교에 갓 입학했을 때였다. 미희가 읍내 미용실에서 잡지 한 쪽을 찢어왔다. 잡지에는 푸른 눈에 콧날 오똑한 서양 남녀 한 쌍이 몸을 포갠 채 포즈를 취하고 있었다.

"이 남자 너무 멋있지? 여자 손목도 좀 봐봐."

미희는 한 남자가 껴안고 있는 여자의 손목을 가리키며

호들갑을 떨었다.

"장미 문신이야. 우리도 새기자."

미희의 제의에 나와 홍화는

"싫어, 아프겠다."라며 고개를 내저었다.

"내가 먼저 새길 테니까 니들은 구경이나 해."

미희는 가사 시간에 쓰던 작은 바늘과 실 그리고 노랑 물감과 볼펜을 들고 나왔다. 미희는 잡지 속 여자의 손목을 들여다보며 볼펜으로 자기 손목에 장미를 그렸다. 그러고는 그 그림의 선을 따라 물감을 묻힌 바늘로 콕콕 피부를 찔렀다. 눈 하나 까딱 않고 장미를 새기는 미희가 멋있어 보였다.

미희는 손목에 맺히는 피를 닦아내고 그 상처에 물감을 살짝살짝 부었다. 퉁퉁 부어오른 미희의 손목에는 잡지 속 여자의 손목처럼 노란 장미가 새겨졌다. 그림을 잘 그렸던 미희는 홍화의 손목에도 똑같은 장미를 새겼다. 나도 왠지 그녀들과 합류해야만 할 것 같아 손목을 내밀어놓고 이를 악물었다.

결국 셋은 손목에 앙증맞은 장미꽃을 피워놓고 만날 때마다 꺼내 보이며 남자에게 안겨있던 여자라도 된 것처럼 행복해했다. 하지만 그 즐거움은 잠시, 하복을 입게 되자 장미 문신이 문제가 되었다. 셋은 들키지 않으려고 문신 위에 색조화장품을 덧발라 선생님의 눈을 피하느라 곤욕을 치렀다.

　미희는 조숙한 편이었고, 홍화와 나는 어수룩했다. 미희가 라디오 진행자에게 편지글 사연을 띄우거나 유행가를 들을 때면, 홍화와 나는 TV로 만화연속극을 시청하곤 했다.

　어느 날 홍화가 미희에게 불려나간 뒤 남학생들에게 집단 성폭행을 당했다는 소문이 나돌았다. 그 사건으로 홍화는 학교를 그만두었고, 아무도 몰래 동네를 떠났다.

　그리고 얼마의 시간이 흘렀을까. 홍화는 키 크고 콧날 오똑한 서양 남자를 데리고 동네에 나타났다. 나는 우르르 몰려든 동네사람들 사이에 끼어들었다. 붉은 원피스를 입고 서양 남자 곁에 서있는 홍화가 신기했다.

　남자는 홍화의 어깨를 감싸 안고, 홍화의 어머니가 알아들을 수 없는 말로 무슨 이야기인가를 하고 있었다. 미성년자인 홍화를 자신의 나라로 데리고 나가기 위해서는 호적 나이를 몇 살 더 올려야 한다는 내용이었다.

　홍화 어머니는 이웃어른들에게 홍화가 태어나지도 않

은 해에 태어났다는 증인이 되어달라고 부탁했다. 그렇게 호적 나이를 몇 살 더 올리면서까지 우리 곁을 떠났던 홍화가 오월이면 어김없이 담벼락으로 되돌아오곤 했다.

서양 남자가 사 입힌 붉은 원피스를 입고 어린 소녀 홍화는 해맑게 웃었다. 빨강과 노랑의 드레스를 번갈아 걸치고 방음벽이 있는 도로변에서 호객행위를 하는 홍화, 그녀는 낡고 촌스러운 옷을 벗어버리는 일에 망설이지 않았다. 녹색 창문을 활짝 열어젖히며 달빛 아래에서는 어떻게든 변신할 수 있다는 것을 아는 듯했다.

살기 위해 필사적으로 긁어대던 홍화의 손이 허공 한 귀퉁이를 움켜쥐었다. 그녀는 우리를 향해 지독한 사랑에 대해 들려줄 이야기가 많다는 표정이었다.

지금쯤 홍화는 어느 곳에서 무엇을 하며 지내고 있을까? 설핏! 투명한 유리 계단 위를 서성이는 홍화의 모습이 스쳐 지나갔다. 나는 홍화야! 하고 크게 그녀의 이름을 불렀지만, 그녀는 시애틀의 다운타운을 가로질러 백여 년 전 지하 도시로 내려가고 있었다. 1889년에 발생한 대형 화재로 구조가 완전히 바뀌어버린 곳이었다.

그 당시 생활권은 지하로 묻히고, 새로운 생활권이 지상에 형성된 곳이었다. 만약 겉으로만 보게 된다면 지하에 그런 숨겨진 도시가 있다는 사실을 그 누가 상상이나 하겠는가. 홍화는 오랫동안 묻혔다가 다시 개방되고 있는, 그 어둡고 습한 지하와 지상을 번갈아 오르내리고 있었다. 지나간 과거이며 버려진 폐허에서 홍화는 지금껏 구석구석 쌓여있는 쓰레기들을 치우고 있었다.

홍화는 내가 애타게 부르고 있는데도 불구하고 다시 지상으로 올라가는 계단을 밟았다. 나도 덩달아 지상으로 올라오는데…, 홍화는 어느새 다운타운을 가로질러 달빛이 내려앉은 골목으로 달아났다. 홍화는 골목 안으로 사라지기 전, 잠시 잠깐 나뭇가지에 걸려있는 호텔을 올려다보았다. 그리고 진공의 공간에 든 나를 향해 손을 흔들었다.

홍화가 보고 싶었다. 내가 그녀를 보고 싶어 하는 데에는 그만한 이유가 있었다. 적어도 홍화에겐 그 누구도 흉내 낼 수 없을 솔직함이 돋보였기 때문이다. 어쩌면 나도 홍화의 그 붉디붉은 의지를 엿보지 않았다면, 진작에 시들어버렸을지도 모른다고 생각했다.

내가 기억하고 있는 그대로를 너도 기억하니? 1980년대의 소녀들이 2020년도의 여자를 올려다보고 있었고, 2020년도의 여자는 1980년대의 소녀들을 물끄러미 내려다보고 있었다.

"씀씀이를 좀 줄여… 훗날 만나게 될 아이 생각은 안 하니?"

나는 미희의 낭비벽을 걱정했다.

"오지랖 그만 떨고 너나 걱정해. 옷은 그게 뭐니? 촌스럽게."

미희는 나의 충고가 꼴같잖다는 듯 입고 있는 옷을 비난했다. 미희는 내 꼴이 이해되지 않았고, 나는 미희의 사치가 이해되지 않았다. 미희의 비웃음에 때맞춰 남편에게 좋지 않은 일이 터지고 있었다. 어느 은행지점에서 전화가 걸려왔다.

"김 상무님 댁이시죠? 대출 건으로 회사명과 직책이 맞는지 확인하는 중입니다."

"그 사람이 대출을 받는다고요?"

나는 남편에게 곧바로 전화했다. 무슨 일이기에 이런 전화가 걸려 오냐고 물었다.

"신경 꺼! 회사 일이야."

남편은 회사 일이라며 단칼에 내 말을 잘라버렸다. 그 문제에 대해서는 어떤 대화도 남편과 나눠보지 못했다.

얼마 지나지 않아 은행으로부터 빚 독촉장이 날아들었다. 각 은행마다 몇백만 원, 몇천만 원씩 물려있었다. 여태껏 들어보지 못한 은행의 이름까지 알게 될 정도였다.

월급쟁이 회사원이 그 많은 돈을 도대체 어디다가 썼다는 것일까. 착실하던 남편이 변해도 너무 변해있었다. 우리는 그 일로 인해 살고 있던 아파트까지 비워주고 작은 월세방으로 짐을 옮겨가야 했다. 아등바등 아끼며 조금씩 불려가던 내 꿈이 남편에 의해 한 방에 꺾이어버렸다.

집안 분위기는 극도로 우울해졌다. 남편과는 한집에 살면서도 유령인 듯 서로 말조차 나누지 않았다. 가족의 안위만을 바라던 내 심신은 점점 지쳐갔다. 아이들을 생각할 때면 자다가도 벌떡 일어났다. 어떻게든 손실을 복구해야만 했다.

생각이 많아진 나는 밤이면 멍하니 허공을 올려다보았다. 허공에는 달이 환하게 떠 있었다. 왠지 멀고 먼 달 안으로 도망치고 싶었다. 달은 지친 나에게 도피처가 되어줄 것만 같았다. 그림을 전공한 뒤 화가로의 꿈을 이뤄보기도 전에 결혼해 버려서일까. 나는 지금껏 아틀리에를 갖는 게 꿈이었다.

달을 바라보던 내 두 눈이 다시금 꿈을 꾸기 시작했다.

한 달에 한 번씩 월세를 지불하면 환하게 불이 켜지는 저 달 안으로 분가하고 싶어졌다. 각박한 도시의 주부가 아니라, 나만의 공간에 들어 밤새도록 그림을 그리고 싶었다. 나는 밤이면 밤마다 달 안으로 들락거렸다.

꿈이 생겨나자 불안증이 사라지고 마음의 안정을 되찾았다. 아이들도 다시금 평온해졌다. 이때부터 그 누구의 방해도 받지 않을 나만의 공간 찾기에 노력을 아끼지 않았다. 법원을 들락거렸다. 경매로 집을 구매해 보기로 마음먹었기 때문이다.

법원 로비에 내걸린 매각 물건 중에서 내가 살고 있는 동네의 건을 살폈다. 그런데 구매하는데 있어서 꿈은 현실과 달랐다. 혼자만의 공간은 접어두고 아이와 살 집을 골라야만 했다. 사건번호 몇 개를 골라들고 열람실로 올라갔다. 복잡하게 얽히지 않은 집을 골라내느라 꼼꼼하게 서류를 살폈다. 경매 날짜와 시간을 적었다. 부족한 금액은 은행 대출계를 이용하기로 했다.

두 번의 유찰로 시세가 많이 떨어진 상가주택을 낙찰받았다. 어렵게 구매한 상가주택의 세입자들은 전세 보호자금만 받아들고, 일부의 금전적 손실을 보았음에도 불구하고 순조롭게 집을 비웠다.

　그런데 정작 그들에게 피해를 입힌 집주인은 그 집에서 2년을 더 버티고도 이사비용까지 요구했다. 쪼들리는 형편이었지만, 집주인의 뜻에 따랐다. 집주인은 챙길 수 있는 건 모두 챙겼음에도 불구하고 엄청난 비난을 퍼부으면서 집을 비웠다.

　주인이 떠나고 난 뒤 집을 둘러보다가 옥상에서 뜻밖에 옥탑방을 발견했다. 일곱 평쯤 되는 공간이었다. 옥탑방은 오랫동안 창고로만 사용해 온 듯했다. 나는 그곳에 페인트칠과 도배를 직접 하기로 했다. 최대한 비용을 들이지 않기 위해서였다. 수선을 마치고 보니 쓸만한 공간이 생겨났다. 옥탑방이라 큼직한 책상 하나만 들여놓았는데도 그 공간은 무엇과도 바꿀 수 없는 나만의 공간으로 탈바꿈했다.

　그럭저럭 힘겹던 근심이 해결되는가 싶었는데, 아니었다. 남편은 여전히 가정보다 바깥이 우선이었다. 퇴근 시간에 맞춰 남편에게 전화라도 걸어보면 귀찮다는 듯 짜증부터 냈다. 나는 아이들을 위해서라도 이혼만은 피하고 싶었다. 간간히 남편에게 말문을 틔워보는 중이었다.

　오늘은 집에 못 갈 것 같아. 남편의 짧막한 문자를 받은 날이었다. 왜 못 들어오는지에 대해서는 궁금하지 않았다. 다만, 그 순간에 미희가 떠올랐다. 그녀는 남편 없이도 잘 살아가고 있었기 때문이었다. 미희를 만나면 어떤 위로를 받을 수 있을 것 같았다. 나는 미희에게 통보 없이 무작정 찾아가기로 했다.

버스를 타고 미희의 집 주변에서 내렸다. 미희와 밤새도록 이야기를 나누며 먹을 야식도 두 손 가득 사 들었다. 상가가 밀집된 골목 안으로 쭉 들어가자 주차되어 있는 미희의 승용차가 보였다. 나는 미희가 세 들어 사는 집의 대문 앞에서 미희의 거주지인 2층 베란다를 기웃거렸다. 커튼을 걷어 놓아 실내가 훤하게 보였다.

아! 그런데…, 그 거실에는 불판의 고기를 뒤적이며 미희와 마주앉은 남편의 모습이 보였다. 깜짝 놀란 나는 허겁지겁 골목을 빠져나오려는데… 무슨 일인지 두 발이 제자리에 찰싹 달라붙어 떨어지지가 않았다. 바닥에 붙어 후들거리는 두 발을 겨우겨우 떼어내며 골목을 빠져나왔다.

머리가 어지러웠다. 도로의 보도블록이 빙글빙글 돌았다. 가슴이 답답했고, 숨이 막혀 죽을 것만 같았다. 가쁜 숨을 몰아쉬며 급히 지나가는 택시를 세웠다. 곧바로 종합병원 응급실을 향했다. 나는 응급실 침대 위에 몸을 눕히자마자 정신을 잃었다.

"환자분, 이름이 뭐죠? 보호자는요? 피를 뽑아야 하니까 따끔해도 참으세요."

간호사의 말이 아득하게 들리면서 다시금 의식이 되돌아왔다. 얼마의 시간이 흐른 걸까. 담당 의사가 다가오더니 결과를 알려주었다.

"과호흡으로 혈액 속에 산소량이 높아진 것 같아요. 또 이런 증상이 오면 비닐봉지로 입을 가리고 호흡하세요."

"병명이 뭔가요?"

"몸에는 병이 없어요."

병이 없다는 의사의 진단결과에도 불구하고 나는 입원을 요구했다. 병원 복도조차 걸어다니기 힘들었기 때문이었다. 죽을지도 모른다는 생각을 했다. 두 눈엔 눈물이 주르르 흘렀다. 일주일 동안 병실에 누워 이것저것 온갖 검진을 더 받아보았지만, 결과는 마찬가지였다.

몸에는 병이 없다는데 왜 죽을 것만 같을까. 퇴원을 했지만, 혼자서는 걸어 다니기조차 힘들었다. 시장이라도 갈라치면 마음을 크게 먹어야만 했다. 건너야 할 횡단보도가 두려웠기 때문이었다. 횡단보도를 다 건너기도 전에 신호등이 바뀌어 버릴 것만 같았다.

저녁이면 견디기가 더욱더 힘들었다. 몇 차례 더 응급실을 찾았고, 진정이 되면 집으로 돌아왔다. 명상을 해보라는 의사의 조언이 떠올랐지만, 집 주변 공원을 천천히 돌거나 계단에 앉아 있는 게 전부였다. 집 주변은 습지여서 안개가 자주 끼었다. 안개가 자욱한 공원계단에 앉아 있어 보면 몇몇 사람들이 쪼그리고 앉아 휴대전화기로 누군가에게 하염없이 전화를 걸고 있다는 걸 알 수 있었다.

어느 날은 중년남자가 휴대전화기를 귀에 대고 누군가와 두 시간이나 소곤거렸다. '혹시 저 남자도 아내를 속이고 다른 여자와 내통하는 건 아닐까? 그렇지 않고서야 바깥에서 저토록 길고 긴 통화를 누구와 나눈다는 걸까.' 남자의 모습이 내 발밑에 굴러가는 나뭇잎처럼 위태로웠다.

겨우 몸을 추스르고 있는 나에게 남편이 눈살을 찌푸렸다.

"혹시 당신 막 놀아난 여자 아냐?"

장미 문신 새겨진 내 손목을 힐끗 쳐다보며 남편이 시비를 걸었다.

"열세 살이 뭘 알고 했겠어요. 나를 여태 몰라요?"

남편은 아무 뜻 없이 새겼다는 걸 누구보다도 잘 알고 있었지만, 자신의 불리함을 무마시키는 데 가끔 써먹곤 했다. 얄궂게도 남편은 미희의 손목에 새겨진 문신은 이해하면서 내 손목에 새겨진 문신은 이해하지 못했다. 눈이 뒤집힌 남자에게 구차한 변명으로 가정파탄의 소지가 될 문제는 만들지 않아야 했다.

나는 미희를 찾아가 남편과 그만 만날 것을 요구했다. 내 말에 반발심이 생긴 미희가 대놓고 남편과 통화를 했다. 남편도 그런 미희의 전화를 스스럼없이 받았다. 남편은 방음벽에 기대어 있는 노상의 장미가 더 사랑스럽다는 듯이 미희에게 걸려오는 전화기에 음흉한 눈길을 보내곤 했다. 남편이 미희에게 쥐어준 오월의 현관문 열쇠는 겨울이 온다고 해도 결코 회수되지 않을 기세였다.

"미희랑 살아보고 싶어."

남편이 또 내 속을 뒤집었다. 나는 둘 다 미쳤다고 소리쳤다. 제발 정신 좀 차리라고 애원해 보았지만, 남편은 집을 나가겠다고 가방을 싸들었다. 아이들이 그 광경을 지켜보며 거실 구석에서 소리 죽여 훌쩍거렸다. 나는 아이들에게 민망해서 어쩔 줄을 몰랐다.

밤을 새운 아이들이 아침밥도 먹지 못한 채 풀 죽은 얼굴로 학교에 갔다. 이혼을 고려해 보았지만, 아이들 문제에서는 여전히 답이 나오지 않았다.

*

그림이 완성되어 갈 무렵이었다. 조용하던 휴대전화기에서 진동 소리가 들렸다. 미희였다. 나는 전화기를 귀에 대고 무슨 말인가가 들려오기만을 기다렸다.

"듣고 있니? …홍화가 나 때문에 망가졌다는 생각은 하지 말았으면 해. 걘 아메리칸 드림에 성공한 케이스잖아."

미희는 지난번 내가 한 말이 신경 쓰였던지 자꾸만 자기 탓이 아니라는 걸 증명해 보이려고 했다. 나는 그 어떤 대꾸도 하지 않고, 슬그머니 전화를 끊었다. 그러고는 전화기를 침대 위로 힘껏 내던졌다. 그런데도 휴대전화기는 연거푸 진동소리로 윙윙거렸다. '뭘 또 더 들으라는 거지?'

전화기와 멀찌감치 떨어져 누워있는데 무슨 일인지 진

동소리는 끝날 줄을 몰랐다. '도대체 뭐야.' 하며 전화기를 집어 드는데…? 이번에는 미희가 아니라 남편이었다. 이미 몇 통의 부재중과 음성메시지가 떠 있었다. 나는 음성사서함 비밀번호를 눌렀다.

"이젠 다 잊어버리자. 미희는 꽃집을 차렸어."

남편의 말이 무슨 뜻인지 선뜻 이해되지 않았다. '미희가 꽃집을 차렸다고?' 의아해진 나는 남편의 음성 메시지 내용을 조각조각 맞춰나갔다. 그리고 미희가 살고 있는 동네 상가골목을 이리저리 살폈다.

앞치마를 두르고 부지런히 몸을 움직이고 있는 꽃집 여자가 보였다. '미희…?' 나는 눈을 비비며 다시 살폈다. 여자는 미희가 틀림없었다. 미희는 내가 단 한 번도 본 적이 없는 모습을 하고 있었다.

안개꽃에 둘러싸인 한 송이의 장미가 쉰의 나이로 접어들자 더는 남자를 유혹하기에 역부족이었던 걸까. 통유리 안, 미희는 전혀 꾸미지 않았다. 낭만을 말할 때 우아하던 붉은 입술은 시들어 있었다. 미희는 이제 환상 속을 헤매거나 친구의 남자를 빼앗는 어떤 화려함이 보이지 않았다.

안개꽃에 둘러싸여 꽃다발로 만들어지던 장미. 늘 중심

의 장미꽃이던 미희는 이미 알고 있었던 걸까. 얼마의 시간이 흐르고 나면 주변의 꽃보다 더 빨리 시들어버린다는 것을…, 그녀는 요염한 장미는 안개꽃에 가두어버려야 한다는 듯 부지런히 안개꽃에 둘러싸이곤 했다. 이제라도 고난을 스스로 극복하려는 미희의 모습을 뒤로하고 남편의 음성을 따라 다시 발길을 되돌렸다.

시애틀의 허공은 그 누구의 침범도 받지 않았다. 다만, 또닥이는 마우스 소리만 구름을 휘저었다. 달방에 든 나는 느슨해질 대로 느슨해졌다. 어디로든 갈 수 있고, 또는 어디로도 가지 않을 수 있었다.

로컬에 차곡차곡 저장해 둔 장미 시리즈물을 쭉 훑어보았다. 시애틀에 머물면서 내가 한 달 반 동안 스케치한 레퍼토리였다. 나는 레퍼토리를 미련 없이 삭제하기로 마음먹었다. 지금껏 내가 그린 그림은 믿을 수 없었다. 어쩌면 내가 알지 못하는 여러가지 추측의 에피소드가 그림 안에 난무해 있을지도 모른다는 생각이 들었기 때문이다. 야생의 마법에 걸렸을 미희와 나, 그리고 홍화는 담벼락이 캐묻는 진실이 오히려 더 불편할 뿐이었다.

내가 마우스로 삭제 버튼을 누를 때마다 홍화와 나, 그리고 미희가 지지직거렸다. 그리고 이내 사라졌다. 로컬 C와 E의 저장 공간이 헐렁해졌다. 바탕화면에는 장미 몇 송이만 한들한들 한없이 여유롭게 흔들리고 있었다.

바람이 오므리는 입술에서
궤나 소리가 들렸다

마른 나뭇잎이 등뼈라도 밟혔던 것일까.
바람이 바닥을 훑으며 지나가자 여기저기에서 잔뼈 으스
러지는 소리가 들렸다. 나는 저녁 내내 뒤뜰을 걸으며 마
감된 한 생의 끝을 추측하고 있었다. 얼마나 많은 비바람
이 지나갔을까.

　안동시 길안면에는 여태껏 사라지지 않은 씨족 마을이
있었다. 나는 이 마을로 시집을 왔고, 내게 첫 상복을 입
힌 할머니는 지난겨울 염장이의 발밑에서 정강이뼈 부러
지는 소리를 마지막으로 들려주며 이승의 문을 쾅쾅 닫고
말았다.

　둥글게 말린 채 굳어진 할머니의 몸을 직사각형 오동나
무 관 안으로 밀어 넣는 염장이의 발바닥은 인정사정이

없었다. 할머니와 같은 뼈의 힘이 나에게도 숨겨져 있을까. 주어진 운명을 견뎌내느라 퍼석해질 대로 퍼석해진 채 우지끈, 내려앉던 뼈의 소리를 기억하는 나는, 할머니 세대와 맞물린 아래 세대를 살아가고 있었다.

아파트에서 오래 살아 그런지 발뒤꿈치를 들고 걷는 습관에 젖어있던 나는, 내 살 속에도 숨어있을 등뼈의 강도를 꾹꾹 밟아보았다. 뭉개지지 않으려는 나뭇잎은 할머니의 정혼자인 한 남자가 꼭 읽어줘야만 할 빛바랜 편지지 같았다.

시댁 뒤뜰을 홀로 걷던 나는, 달빛을 등 뒤에 두른 오동나무를 두 팔로 에워싸 보았다. 할머니가 든든한 장골壯骨로 여겼을 나무의 몸통에는 거무스름한 이끼가 잔뜩 낀 채 겉껍질이 군데군데 벗겨져 있었다. 나무는 말없이 우두커니 서서 허공으로 뻗어낸 가지 위로 싸락눈을 얹고 있었다. 마음 편히 기댈 곳 없었던 할머니에겐 참 든든했을 나무였다.

나는 나무의 몸통에 귀를 갖다 댔다. 윙윙 매미 울음소리가 들렸다. 어쩜 한여름 매미가 울음을 뱉어놓기에 적절했을지도 모른다. 그래서일까. 잎을 지우고 서 있는 나무의 형상이 꼭 속으로 울음 삼킨 덩치 큰 사내 같았다.

바람이라도 세게 부는 날이면 삼킨 울음을 다시 토해내기도 하겠다.

*

11월 말이었다.

"할머니가 돌아가셨단다. 얼른 준비해서 내려가자."

퇴근해서 돌아온 남편이 가방을 챙기며 말했다. 남편의 말에 나도 얼른 서둘렀다.

부랴부랴 시댁에 도착했을 때는 이미 일가친척들이 웅성거리며 둘러앉아 있었다.

"화장실을 가시기 위해 문지방을 넘다가 굴렀어요. 주춧돌 아래로 꼬꾸라지셨는데 119가 도착하기도 전에 숨을 거두셨고요."

"백수白壽 노인이라 손쓸 방법이 없더라고요."

시아버지의 말에 시어머니가 거들었다. 시아버지는 할머니가 거처하던 방을 나오며 골목으로 들어오는 손님에게도 일일이 돌아가시게 된 상황을 설명했다.

돌아가신 할머니는 안동 김씨 가문으로 시집와서 대소

가大小家 아이들을 두루 업어 키우셨지만, 정작 자신은 자식이 없었다. 그래서 인생 말년에 와서는 작은 보퉁이를 옆구리에 끼고 촌수가 가까운 친인척 집으로 몇 달씩 거처를 옮겨 다니며 돌림 상을 받고 있었다.

허물처럼 벗어놓은 할머니의 옷가지가 보자기에 묶여 마당으로 나왔다. 나는 영주 형님과 옷 보따리를 들고 뒤뜰로 나갔다. 이불을 태우고 있던 동네 청년들이 우리가 가져간 옷가지들을 받아 활활 타오르는 불길 속으로 하나씩 던졌다. 그때였다. 얇고 우그러진 은반지 하나가 할머니의 옷섶에서 툭 떨어졌다.

"형님 이게 뭐죠?"

내가 건네는 반지를 형님이 이리저리 돌렸다.

"돌아가신 할머니 거야. 손수건에 돌돌 싸매서 고쟁이 주머니에 넣고 다니던 건데. 약혼반지라고 했던 것 같아. 이젠 버려버려. 금도 아니잖아."

나는 입고 있던 광목 치마로 반지를 문질렀다. 형님은 그런 내게 더는 관심 두지 않았다. 그 누구의 관심도 받지 못한 할머니의 유품이 내 손안으로 들어왔다. 나는 반지를 만지작거리다가 씁쓸해졌다. 다시 형님을 돌아보며 물었다.

"할머니의 친정 부모님은 왜 딸의 운명을 바꿔주지 않았을까요?"

"그 시대의 풍습이지."

"그래도 딴 놈하고 도망가 버렸다고 말하고 은밀하게 짝을 지어주었어야죠."

"그 시대에 팔자 세탁이 쉬웠겠냐. 무엇보다도 잘난 양반네들이 한번 내뱉은 말에 흠집 내려고 했겠어?"

"부모는 체면을 살렸지만, 딸은 팔자가 낭떠러지로 내몰렸잖아요."

"이젠 돌아가셨으니 족쇄도 끊어졌겠네."

"이 반지를 90년은 품고 사셨겠네요. 가늘고 휘어진 이 반지가 한 여자의 삶을 오롯이 묶어버렸다니…."

"죽은 사람 물건이야. 그냥 불 속으로 던져버려."

시아버지는 문지방을 넘다가 돌아가셨다고 했지만, 나는 왠지 할머니가 지긋지긋하고 끈덕진 이승의 문턱을 수없이 발길질하다가 기어코 경계를 넘고 만 것 같았다.

할머니가 벗어놓은 옷은 온통 흰색뿐이었다. 이불도, 치마저고리도, 속옷도…. 그 허례허식의 덩어리가 불 속에서 기우뚱했다. 불길이 확 치솟았다. 할머니의 몸을 감싸고 있던 오래된 통증이 지켜보는 사람들에게 확 달려들었다가 강한 휘발성으로 달아났다. 내 눈에는 할머니가 이 마을로 시집올 때 타고 왔다던 상처 난 흰나비의 날개 같은 백가마도 함께 불길에서 일그러지고 있었다.

생전의 할머니는 검버섯에 주름진 얼굴이었지만, 윤곽만은 또렷했다. 젊었을 땐 엄청난 미인이었다는 증거였다. 백가마를 타고 시집왔다는 사실도 놀라웠다. 양반도시인 안동이 아니고서야 아직도 그런 분이 살아있었다는게 불가능한 일이었다. 이젠 박제되어 박물관에나 전시돼야 할 이야기였다.

나는 할머니가 전시실 진열대에 올라가는 모습을 상상해 보다가 슬그머니 그만 두었다. 세상에는 이보다 더 기막힌 이야기들도 숱하게 숨어 있을 것이다. 할머니의 이야기도 오늘부로 흙으로 돌아갔다.

"자식이 없었으니 할머니는 무얼 붙잡고 사셨을까."

"요즘은 자식이 있어서 더 힘들어요."

"그렇지? 나도 여태 캥거루잖아. 휴대폰 액정만 긁어대니 소통도 어려워."

"1인 1세대잖아요. 결혼 적령기도 없고요."

"내 속으로 낳아 내 손으로 키운 자식인데도 그 속은 알수가 없어. 딸년이 아니라 이젠 원수다, 원수. 직장도 없이 서른이 돼버렸어."

형님이 하던 말을 멈추고 내 옆구리를 쿡 찔렀다. 사람들이 쑥덕거리는 우리를 쳐다본다고 설거지를 빨리 끝내자고 했다.

"요즘 누가 장례식을 집에서 한다냐?"

"그러게요."

형님과 나는 사람들 눈치를 봐가며 또다시 쑥덕거렸다. 고풍이라면 정말 지글지글했기 때문이다. 안동에서도 이 마을이 유달리 고풍이 심했다. 도시의 며느리들은 이런 일을 치를 때마다 불만이었다.

"윗대와 아랫대는 겸상兼床도 못 차리잖아."

"어른들 앞에서 여자는 젓가락질도 못 하고요. 책잡힐까 두려워서 늘 심장이 벌렁거렸어요. 목소리 낮춰라. 눈치는 왜 그리 없냐. 안 된다. 조심해라. 정말 미치는 줄 알았어요."

"며느리가 아니라 종년이지 뭐."

형님과 나는 흉을 보기 위해 붙어 다녔고, 틈만 나면 쏙닥거렸다.

어느덧 장례식도 끝이 났다. 마을 사람들이 흩어지고

형님도 영주로 내려갔다. 나는 입었던 소복을 벗어 매미의 허물처럼 오동나무에 걸어두고 5일 만에 겨우 시댁을 빠져나왔다. 귓속에서는 아직도 곡哭소리가 들리는 듯했다. 마을 여자들도 머릿속에서 떠나지 않았다. 이런저런 이유는 달랐지만, 고풍의 끄트머리에서 고통을 함께 견뎌내는 여자들이다.

이젠 윗대 어른들이 어느 정도 세상을 떠났기 때문에 고풍도 물리적인 형태가 아니라 분위기로 바뀌었다. 예전보다는 많이 헐렁해진 편이었다. 우리는 이렇게라도 고생을 감내하지만, 이삼십 대의 젊은 새댁들은 절대 받아들이지 않았다. 제아무리 드센 고풍이라 할지라도 그들에게는 호락호락 먹혀들지 않았다. 공연히 그딴 걸 강요했다가는 사느니 마느니 난리를 쳤다. 그래서 그런지 마을 어른들도 내 나이의 또래들까지만 닦달을 했다.

엄청 불공평한 처사였지만, 그래도 많이 개선되었다는 데에 만족했다. 명절이면 마을 며느리들이 떼 지어 골목을 나서던 풍경도 사라졌다. 새해 인사가 간소화되었다. 촌수가 가까운 육촌들까지 선을 그어 다녔다.

*

　영진전문대학 건너편에는 단골 찻집이 있었다. 나는 찻집에 앉아 오래도록 창밖만 바라봤다. 옆집 남자를 기다리고 있었다. 남자가 내 약지에 끼워준 반지를 만지작거렸다. 물고기 뼈 형태의 18K 반지였다.

　"내 살이 녹아 백골로 돌아갈 때까지 당신을 사랑할게."

　남자가 반지를 끼워주며 했던 말이었다. 나는 반지를 잡고 천천히 돌렸다. 한 마리의 뼈가 내 약지에 동그랗게 말려 피식피식 비웃었다. 나는 남편을 생각했다. 남편을 떠올리자 한숨부터 나왔다. 부모나 형제들에게조차 자신의 판단이나 옳고 그름의 주장을 꺼내놓지 못하는 남자였다. 고풍에 짓눌러서 완전 바보천치였다. 그런 남자와 살다 보니 나름의 숨통을 틀 뭔가가 필요했다.

　5년 전쯤이다. 메마른 화분 속 화초처럼 시들시들 시들어 가던 시기였다. 그 어떤 위로도 되어주지 못하는 남편이 외도까지 한다는 걸 알았다. 속이 상할 대로 상한 나는, 아파트 옆 라인의 남자가 던져대는 추파에 유행병인가? 의심했다. 옆집 남자의 끈질긴 노력과 나의 상처는 결국 두 손을 맞잡았다. 그것으로 공평해진 남편과 나는 서로를 모르는 척 눈감았다.

103동 남자의 집과 104동 우리 집 사이에는 한 그루의 오동나무가 있었다. 나무는 남자와 나를 대변하는 듯했다. 내 눈길은 늘 나무에 얹혔다. 나무의 가지들은 햇살 바라기를 하듯 103동과 104동을 번갈아 기웃댔다. 조금조금씩 양쪽에 가지를 걸쳐놓고 제멋대로의 춤사위를 보여주거나 제 기분에 취했다. 늦가을이면 낭만에 대해 떠들었고, 전지가위에 베이기도 했다.

나무는 동과 동 사이에서 좀처럼 움츠러들지 않았다. 서로의 베란다를 기웃거렸고, 목이 뻐근하다고 통증을 호소했다. 나무는 상대의 마음을 움켜쥐고 몸통을 부풀렸다. 정신 차려야 한다고, 저 볼썽사나운 것을 얼른 베어내야 한다고, 탈이 나기 전에 뿌리부터 말려버려야 한다고 다짐하기도 했다.

찻집 벽시계를 올려다봤다. 남자와의 약속 시각이 1시간이나 지나 있었다. 남자는 나타나지 않을 것 같았다. 한때는 친구보다 가깝고 남편보다 더 살갑던 남자였다. 나는 남자를 오래도록 곁에 두고 싶었다.

집착이 심해지자 남자가 힘들어했다. 남자는 언제부턴

가 가정을 위해 살아갈 나이라는 걸 강조하기 시작했다. 아내와 아이가 좋아하는 스파게티를 만들어야 한다고 스스럼없이 말했다. 그는 이제 내 눈치 따윈 살피지 않았다.

'올 때까지 기다릴 거야.' 막무가내식 문자를 보냈다. 그가 나를 불러내던 방식이지만, 반대로 내가 하면 먹히지 않았다. 벌써 5년이라는 시간이 흘렀다니…. 남편 외엔 다 부질없다고, 개나 소나 다 아는 진리를 나만 모르는 듯했다. 하지만 5년이면 무엇이든 변할 수 있다는 사실을…, 따뜻한 커피가 식어빠진 커피로 바뀔 때까지는 모든 걸 인정해야만 했다.

바깥엔 날씨가 갑자기 흐려지고 있었다. 카페 안은 따뜻했지만, 몸이 으스스 떨렸다. 남자를 향한 부질없는 집착을 버리기로 했다. 남자에게 결박된 마음을 풀어 어딘가로 흐르고 싶었다. 너무 오랫동안 음지의 기운을 받아온 나무 같았다.

다짜고짜 남자에게 전화를 걸었다. 남자는 잠에 취한 목소리로 "누구시죠? 아! 내일 연락드리겠습니다."라는 엉뚱한 말을 내뱉으며 일방적으로 전화를 끊었다. 창밖에는 그동안 내 시야를 가려왔던 입자들이 분분했다. 허공이 순식간에 허상들로 빼곡했다. 찻집을 박차고 나왔다.

'도대체 이 반지가 뭐라고 여태 버리지 못했지?' 나는 반지를 빼냈다. 그리고 내리는 눈을 향해 힘껏 내던졌다. 싸락싸락 귓속을 파고들던 그의 하얀 거짓말이 공중에서 이리저리 휩쓸렸다. 뽀득뽀득 허상들을 밟으며 엘리베이터 앞에 섰다. 8층 숫자만 눌러놓고 계단을 올라갔다.

그가 매일 담배를 물고 서있던 창가에는 피이웃! 나뭇가지가 휘파람을 불었다. 바닥을 밟은 내 발이 지상으로 올라가는 층계를 밟아서일까. 얼핏, 기겁하며 도주하는 날벌레들이 보였다. 이 추운 날씨에 오종종 계단 귀퉁이에 숨은 벌레들이 나를 비아냥거렸다.

현관문을 열고 들어서기가 무섭게 소음이 온몸을 덮쳤다. 집으로 들어오는 나를 기다리고 있었다는 듯이 위층의 소년과 청년의 공격이었다. 가장 편안해야 할 공간이 산산이 조각나는 듯했다.

그들의 괴성이 귓속을 찔렀다. 저들은 언제쯤 이사를 할까. 공 튀는 소리에 이어 가구 넘어지는 소리가 들렸다. 내 마음만큼 천장도 위태로웠다. '제발 좀!' 그들은 아마 새벽녘이 되어야만 퇴장할 것이다. 위층을 떠받치고 있던 내 동공이 무게를 이기지 못하고 스르르 감겼다.

위층에는 중학생 쌍둥이와 서른두 살 청년, 그리고 그

들의 부모가 살고 있다. 소음을 딱 한 번 주의시켰을 뿐인데 짓궂은 발바닥은 더 당해보라는 듯 우리 집 천장을 짓밟았다. 천장에는 발자국이 벌떼처럼 달라붙었다. 벌떼들은 내 권리를 박탈해 버린 지 오래다. 천장은 그들의 천국이다. 나는 위층으로 다시 한번 올라가보기로 했다.

오십 대 후반의 여자가 문을 열었다. 여자의 등 뒤에서 입을 삐죽 내밀며 아이가 또 괴성을 질렀다.

"내 집인데 이 정도는 괜찮지 않나요?"

여자는 심드렁하게 말했다.

"앰프에서 층간소음 안내방송이 나오는 것도…."

내 말이 끝나기도 전에 여자는 문을 닫아버렸다. 진짜 성격파탄자 같았다. 위층의 청년은 영국유학까지 다녀왔다는 말을 들었다. 그런 청년이 집 안에 틀어박혀 공놀이에 빠져있다니…. 고급 인력이 이 사회 어느 곳에도 쓰이질 못한다는 게 믿어지지 않았다.

밖으로 나오거나 취직할 마음을 접은 청년은 부모에게 얹혀사는 은둔 생활자였다. 무기력한 청년은 지식의 가장 꼭대기에서 상식 파괴의 하층민으로 추락해 있었다. 꿈을 잃은 청년의 공놀이가 잠시 조용해졌다. 위층 부모만큼 나도 그들의 행동에 신경이 무디어지기를 바랐다.

천장을 살폈다. 할 수만 있다면 천장을 유리로 바꿔놓고 싶었다. 투명한 천장을 통해서 그들의 횡포를 차라리 즐기는 게 좋을 듯싶었다.

*

이른 봄 영주 형님의 초대를 받아 산나물을 채취하기로 했다. 새벽녘 고속도로에 차를 올렸다. '양반 도시에 오신 걸 환영합니다.' 라는 문구와 두루마기를 입은 선비의 모형이 나타났다. 안동이라는 지명은 안내판을 보는 것조차도 지긋지긋했다. 얼마나 달렸을까. 어느새 안동은 사라지고 소백산이 보이기 시작했다. 형님과 조카는 산에 오를 준비를 마치고 내가 도착하기만을 기다리고 있었다.

"시집가야겠다. 몰라보겠어."

나도 모르게 조카의 아픈 부위를 콕 찌르는 인사를 던지고 말았다. 이때를 놓칠세라 형님이 얼른 끼어들었다.

"내 말이 그 말이야. 시집가서 남편 내조하고 살면 얼마나 좋아. 그 자리야말로 평생 따 놓은 직장인데."

형님의 말에 조카는 코웃음을 쳤다. 형님은 조카의 뒤

통수를 쥐어박았다. 형님은 남자만 거머쥐면 여자에게 팔뚝 힘이 생긴다는 걸 강조했다.

"나를 누구에게 얹어놓으라고?"

조카는 버럭 소리를 질렀다.

그들과 나는 수다를 떨며 산 입구에 도착했다. 산은 산나물 채취 금지구역과 허가구역이 구분되어 있었다. 우리는 한적한 산길에 자동차를 세워놓고 산나물을 뜯으며 능선을 올라갔다. 내가 처음 마주한 산나물의 본모습은 너무도 생소했다. 도시에서 생각 없이 사먹던 것과는 너무 많이 달랐다.

"형님 이거 나물이죠?"

"비슷해도 그건 독초야."

마치 식물도감을 펼쳐놓고 일일이 형님에게 물어보는 듯했다. 낯선 풀들은 내 손끝에서 뚝뚝 끊어졌다. 알고 보니 산나물은 온통 여린 이름으로 가득했다. 병아리 고비, 애기나리, 우산나물, 그래서일까. 갑자기 내 팔과 다리는 슬픔으로 휘청거렸다.

내 손이 닿아 죽음에 내몰리는 여린 풀들은 돌아가신 할머니처럼 자신의 목숨을 내 놓는데 망설이지 않았다. 꺾인 자리에서 나오는 찐득한 독소에 내 혀끝은 벌써부터 아려왔다. 산나물을 뜯는 내내 꺾인 목울대가 내는 절망의 소리를 들어야 했다.

죽음을 만지던 내 손에는 어느새 먼먼 안데스산맥을 휘돌아온 바람이 한 움큼 쥐여져 있었다. 나는 그 바람이 내는 구슬픈 음악 소리를 들었다. 사랑하는 사람이 죽으면 죽은 이의 정강이뼈에 구멍을 뚫어 뼈 피리를 만들었다는 사람들, 거대한 안데스산맥을 바라보며 홀로 피리를 불었을 누군가를 생각했다. 사랑하는 이를 먼저 떠나보내고 얼마나 슬펐으면 정강이뼈로 피리를 만들었을까.

나는 산비탈에 서서 천천히 바람을 들이켰다. 어느 영혼이 내 손에 마지막 키스를 했다. '그립다, 그립다…' 애절한 케나 소리가 손바닥에 찐득하게 달라붙었다.

"무슨 생각을 그렇게 골똘히 하나… 에계! 이것뿐이야? 시시한 그 손으로 뭘 해 먹겠냐."

그때였다. 내려다보는 능선 아래에 남자와 천막이 보였다.

"형님! 저… 저기 이상한 사람 있어요."

나는 놀라서 말까지 더듬었다.

"괜찮아. 마을 사람이야. 서울에서 대기업에 다니던 남자였는데 실직했다나 봐. 명색이 양반 뼈다귄데 노숙자보다야 시묘살이가 낫지…"

　허름한 천막이 바람에 펄럭거렸다. 남자의 따스한 손길이 닿았을 무덤에는 잔디가 말끔하게 단장되어 있었다. 말끔한 무덤과는 반대로 덥수룩한 수염과 긴 머리카락의 남자는 기워진 무명적삼을 입고 있었다. 남자는 오랜 산중 생활에 지쳐보였다. 나는 남자를 자꾸만 힐끔거렸다.

　형님에게 제발 빨리 산을 내려가자고 재촉했다. 우리는 산을 내려왔고, 형님과 조카는 나를 배웅했다. 꽃가루와 황사먼지는 시골이라도 예외는 아니었다. 뿌연 황사바람이 이리저리 몸을 휘감았다. 날씨는 그렇더라도 시골의 봄은 아름다웠다. 회색 바탕에 파룻파룻 돋아난 새잎들과 꽃나무는 한 폭의 수채화였다. 형님과 조카는 또다시 못마땅한 말을 서로에게 건넸다.

　"많이 배운 네 눈에는 고리타분해 보이겠지만 여자의 길은 다 빤해, 이것아."

　"요즘은 그렇게 쉽게 살아지는 세상이 아니래도… 전통방식의 약된장을 만들어보려고 내려왔는데 엄마가 자꾸 방해하니까 다시 서울로 가야겠어."

　조카의 말에는 형님과 내가 알지 못하는 젊은 세대의

난관이 엿보였다. 조카는 나름대로 살아남으려는 도전을 시도 중이었다. 형님과 내가 투쟁해 온 방식은 이미 조카 앞에서는 낡을 대로 낡아 있었다.

*

할머니의 장례식을 치른 지 10개월이 지났다. 추석을 맞아 다시 시댁으로 내려왔다. 영주 형님과 나는 뒤뜰에서 또다시 수군거렸다. 우리는 돌덩이를 양쪽에 포개놓고 커다란 양은솥을 내걸었다. 시래기를 삶아내고 밥을 지었다. 형님은 불을 지피는 내내 오동나무 뿌리 밑으로 불붙은 부지깽이를 쑤셔 넣었다.

칙칙 부지깽이의 불을 꺼주던 흙 속에서 뭔가가 삐죽이 딸려 나왔다. 자물쇠로 잠가놓은 허름한 상자였다. 썩은 상자의 터진 옆구리에서 내용물이 보였다. 종이뭉치와 참빗, 거울, 옥구슬 등이었다. 형님은 귀신스럽다며 얼른 불에 태워버리자고 했지만, 나는 썩은 상자에서 종이 한 장을 꺼냈다. 종이에는 볼펜으로 쓰인 글자들이 빼곡했다. 내용은 알아보기 어려울 만큼 얼룩져 있었다.

"읽어볼게요."

"내버리지 뭘 그런 걸 주워서 읽고 그래."

"큰 소리로 읽을 테니 형님도 들어보세요."

　　젊은 날 죽음을 맞은 당신보다 나을 게 없어요. 당
　신이 거처하던 방은 음습해요. 마을 사람들이 소복
　입은 새색시가 불쌍하다고 말해요.

"형님! 이게 무슨 글이죠?"

"이리 가져와, 태워버리게."

"잠시만요. 한 장 더 읽어볼게요."

　　생판 모르는 집으로 백가마를 타고 들어왔으니 얼
　마나 부끄러웠겠어요. 당신은 누군가요? 보고 싶어
　요. 땅 밑 당신의 세상이 궁금해요.

"할머니가 쓰신 글이네."

"완전 현대적인 글인데 할머니가 썼다고요?"

"친척아이들 다 업어 키우셨잖아. 공부도 아이들과 같
이했다더라. 시아버지 말로는 장원급제하고도 남았을 실

력이라고 했어. 독하게 공부했다더니 청승맞게 뭐 이런 글을 남겼을까."

"이것도 제가 가질게요."

"뭣에 쓰려고 자네도 참."

"형님…."

내가 무슨 말인가 하려는데 그녀는 벌써 저 멀리 가 버렸다. 나는 상자를 안전한 곳에 숨겨두었다. 상자는 나무 뿌리가 들어 올린 것인지 스스로 빠져나온 것인지는 모르지만, 애처로운 문장들은 마치 땅을 뚫고 올라온 새싹 같았다. 할머니의 또 다른 유품이었다. 땅 밑으로 들어간 사람은 들어간 길을 되짚어 나오지 않았지만, 이야기가 담긴 상자는 땅 위로 되올라온 것이었다. 내게는 이 모든 것이 신기할 뿐이었다.

장작불에 석쇠를 놓고 구운 안동고등어는 언제 먹어도 맛있었다. 저녁상을 물리고 설거지를 마쳤지만, 형님과 나는 아직 덜 꺼진 숯덩이 앞에 앉아있었다. 불을 쬐던 형님이 한껏 부푼 봉숭아 씨방을 손으로 톡톡 터트렸고, 나는 숨겨둔 나무상자를 다시 꺼냈다.

오동나무에 매미의 허물이 보이네요. 마치 내가 입

었다가 벗어놓은 소복 같아요. 한껏 부푼 봉숭아 씨
방은 의미 잃은 달거리처럼 톡톡 터지네요. 봉숭아
도 누군가를 연모하고 있는 걸까요.

편지를 읽다가 나는 오동나무 주변을 둘러보았다. 할머
니가 사용했던 방과 뒤뜰은 연결돼 있었다. 할머니는 누
구보다도 이 장소를 잘 이해하고 있는 듯했다.

오동나무 뿌리가 마치 사람의 정강이 같아요. 뒤엉
킨 뿌리의 밤이 지나가고 있어요. 쿵쿵 능선 오르는
당신 발소리에 하루씩 허공을 짚던 나무가 꽃을 피
웠어요. 마흔에도 실수를 연발하는 나는 현기증을
앓고 있지만, 당신을 그리워하며 지상에 머무는 내
이유는 또박또박 잎사귀로 매달려 있어요. 그대가
읽어줄 내 일기장엔 원망의 꽃가루만 풀풀 날리네
요.

"에잇! 그만 읽고 태워버려라."
날이 어둑해지자 더는 읽을 수 없었다. 뒤뜰 주위를 둘
러보니 벌써 밤안개가 잔뜩 끼어있었다. 오동나무도 점점

유령처럼 변해갔다. 사라지는 하루가 안개와 뒤섞여 나무의 몸통으로 스며드는 듯했다. 녹슨 할머니의 방 문고리를 잡아당겼다가 마주한 환영들에 발목이 묵직했다. 내 몸도 조금씩 다른 세상으로 기우는 듯했다. 나는 편지를 읽은 뒤 땅 밑 공간을 자꾸만 살피고 있었다.

*

찻집 앞, 가로수의 뿌리가 잘려나가고 있었다.

"뿌리를 왜 자르시나요?"

나는 작업하는 인부에게 물었다.

"인도의 표면을 들어 올려 블록을 파손시키잖소. 지나가는 보행자나 버스에서 내리는 승객들이 다칠 수 있고요. 그래서 바깥으로 튀어나온 뿌리를 수술하는 거요."

남자의 설명을 들으며 한동안 그들의 작업을 지켜보았다. 나무를 둘러싼 사각 틀이 꼭 우리 집 천장 같았다. 작업자들은 고풍, 횡포, 속박 같은 것들을 들어냈다가 다시 단단히 고정시키고 있었다.

나는 찻집으로 올라갔다. 찻집 창가에는 오동나무가 수

많은 반지를 끼고 손을 흔들었다. 무엇을 갈망하기에 손가락마다 사랑의 징표를 끼고 저토록 흔들어댈까. 나는 옆집 남자에게 '찻집으로 나와 줘.'라고 문자를 넣었다.

　창문이 자꾸만 덜컹거렸다. 지구 반대편인 안데스산맥을 휘돌아왔을 바람이 거세게 창의 안과 밖을 쥐어뜯었다. 사랑하는 사람을 잃은 여자가 조그맣게 입술을 오므리고 자꾸만 케나를 불었다. 허공을 밟던 낡은 신발이 자꾸만 바닥으로 툭툭 떨어졌다.

　"오래 기다렸지?"

　기어코 불러낸 남자는 지난번 일이 미안했던지 씁쓸하게 웃었다.

　"저기 도시를 보면 꼭 거대한 기계 같아. 가로수는 부속품 같고….'

　뜬금없는 말에 남자는 창밖을 살폈다.

　"사랑한다면 상대방의 부속품쯤은 되어야지."

　"한 그루 나무였잖아."

　트집을 잡는 내게 남자가 멋쩍게 웃으며 대답했다.

　"뽑아버릴 거야 당신, 몹시 걸리적거려."

　"사람은 자신 외엔 모두가 타인이야. 한 몸이라니… 말이 안 되지."

"나를 찼니? 마무리는 내 식으로 할 거야. 내가 콕하고 마침표를 찍고 싶었거든."

이미 헤어진 거나 다름없는 남자를 불러내 놓고 찻집 손님들 보란 듯이 그를 차버렸다. 먼저 찻집을 뛰쳐나온 나는 청량감에 가슴이 탁 트이는 듯했다. 이제야 비로소 그가 내 눈앞에서 완전히 사라졌다.

바람에 중독된 나는 마침표를 찍었음에도 불구하고 나뭇잎처럼 휘청했다. 다시 심호흡을 했다. 그리고 낭창낭창 휘어지던 척추뼈를 꼿꼿하게 세웠다.

*

"딸의 남자친구가 아이스크림에 커플반지를 넣었나 봐. 운이 나쁘면 죽을 수도 있었다고 딱지를 났대. 반지라는 게 얼마나 싱거우면 음식에 집어넣냐."

영주 형님의 전화였다.

"만나면 첫 선물이 커플반지고 헤어지면 먼저 버리는 게 반지잖아요."

형님과 통화를 마치자 마음 한구석이 찔린 듯 뜨끔했다. 휴대전화기는 주방 식탁에 올려놓고 안방으로 건너왔다. 피로가 누적된 몸을 침대 위로 내던졌다. 802호의 윗가지인 902호에서는 또다시 벌떼들이 윙윙 고막을 뚫었다.

내가 누워있는 이 나뭇가지는 정말 튼튼하기는 한 걸까? 알아들을 수 없는 소음으로 분분한 이 신비한 구조의 나무는 누군가의 부실 공사인 게 틀림없었다. 영국에서 유학을 마치고 돌아왔다는 저 귀찮은 벌과 이탈리아에서 여행자로 들어왔다는 풍뎅이까지 허공에서 윙윙거렸다.

나는 이 나무가 각종 반지를 만드는 중이라고 이해했다. 하지만, 덮어둘 수밖에 없는 이야기들이 나무의 몸통으로 스멀스멀 스며들었다. 비밀을 품고 버텨내느라고 굳게 닫아놓은 현관문 앞에서… 이 무슨 일인가! 이제 그들은 화장품 외판원처럼 막무가내로 벨을 눌렀다. 그리고 자꾸만 상냥한 목소리로 말을 걸었다.

나는 가장 깊은 골짜기까지 침범당한 괴로움에 항변의 글을 나뭇잎 군데군데에 적어나갔다. 언젠가 늙어 텅 빈 거리에, 싸늘할 적요寂寥에 외로움처럼 던져대고 싶었기 때문이다.

뿔

커다란 콘크리트 건물이 연못가에 서 있었다. 건물은 높고 길쭉한 자신의 모습을 연못에 비추고 있었다. 얼핏, 사각형의 건물은 한 그루의 나무 같았다. 예술대학원 건물이었다. 나는 오래된 이 건물을 늙은 벚나무라 칭했다. 문예창작, 무용, 미술과 음악을 전공하는 학생들이 주로 들락거렸다. 나도 마찬가지였다. 가슴에서 꺼내보지 못한 꿈을 이뤄보려고 늦은 나이에도 불구하고 이 건물 안으로 피톨처럼 스며들고 있었다.

이른 봄이면 건물은 가지마다 꽃봉오리를 내다걸었다. 내 몸도 덩달아 개화기에 들었다. 계단을 오르내리던 몸이 옥상까지 가 닿고 싶어 터질 듯한 물관으로 움찔움찔했다. 팔뚝 힘 불끈해진 건물은 날개옷을 차려입은 무용

수, 화가, 작가들을 옮길 때면 발뒤꿈치를 함부로 들어 올리지 않았다. 그토록 꿈꿔왔던 간절한 봄날이 나에게도 찾아왔다는 것일까.

내 언 입이 풀어놓는 이야기보따리가 깊숙한 내부에서 툭 툭 터져 나오느라 한껏 볼을 부풀렸다. 말 못 하고 살아온 날들이 건물의 낮은 가지 위로 환하게 내걸렸다. 나는 건물 안을 뚜벅뚜벅 오르며 계단마다 낭자한 꽃잎을 조심스레 밟아보았다. 주부로만 살아가던 내 몸도 점점이 건물과 조화로워졌다. 햇살의 방향에 따라 건물은 슬금슬금 연못 안으로 들어갔다가 다시 빠져나오기를 반복하고 있었다.

*

"어이 원소!"

벤치에 앉아 커피를 마시고 있는 나를 발견한 H가 손을 흔들며 다가왔다.

"이거 한번 읽어봐라."

성질 급한 그는 다짜고짜 가방을 뒤지더니 A4용지를

꺼냈다. 오늘도 그는 숙제하느라 밤잠을 설치고 나온 내 사정 따윈 헤아리지 않을 모양이다. 나는 문장을 본다는 게 귀찮았지만, 오늘처럼 이렇게 맞닥뜨렸을 때엔 적당히 그의 글을 읽고 내 생각을 조금은 보태줘야 껄끄러움을 피할 수 있었다.

그가 내민 A4용지를 들여다보다가 나도 모르게 인상을 찌푸렸다. 하룻밤에 휘갈겨 쓴 관념 덩어리의 초고 글을 내가 무슨 수로 읽어낼 수 있단 말인가. 그렇게 잘 맞춰나 갈 수 있다면 뭐하러 그 먼 대구에서 서울까지 올라와 한 수 배워보겠다고 끙끙거리겠는가. 하지만 나는 그의 괴팍한 성질을 잘 알기에 부딪치지 않으려면 꾹 참아야 했다.

정말이지 반강제적으로 골치 아픈 글을 짜 맞추어야 하는 이 상황이 미치도록 싫었다. 보아하니 그도 자신이 써놓은 글을 종잡을 수 없어 하는 눈치였다. 본인도 그럴진대 난들 어찌 읽어낼 수 있단 말인가. 경우를 따지자면 나 또한 하룻밤에 갈겨 쓴 초고 글을 그에게 건네며 생각을 맞춰보라고 말할 수 있어야 했다. 그러나 그런 말을 나누기에는 그의 성격이 그다지 편하지가 않았다.

사정이야 어찌 되었건 지금은 그가 건넨 글을 읽고 어찌어찌 아귀라도 맞게끔 이야기를 이어 주어야 했다. 설령 그렇게 노력해 주었다 할지라도 들을 욕은 남아있었다. 나는 A4용지를 들고 이리저리 생각을 굴리고 있는데… 그런 내 모습이 시원찮게 보였던지 그가 용지를 휙 낚아채며 한 마디 쏘아붙였다.

"너는 아직까지 그깟 글도 제대로 파악하지 못하는구나. 쯧쯧."

아니나 다를까 그는 나를 까뭉개기 시작했다.

"죄송해요. 아직 깜냥이 못 되네요."

내가 죄송하다며 억지 미소를 지어보였다. 오늘은 왠지 그가 적당히 넘어가 줄 것 같은 느낌이었다. 다행이었다. 애당초 그의 글을 보지 않겠다고 했더라면, 지금보다 훨씬 더 뒷말이 시끄러웠을 것이었다. 어! 그런데? 내 느낌이 빗나가고 있었다. 그는 내가 쓴 글을 자기 앞에 내놔보라고 다그쳤다. 나는 쓴 게 없다고 말하며 슬그머니 꽁무니를 뺐다. 그에게 글을 보여줬다가는 욕을 먹을 게 뻔했기 때문이다.

"야! 보여준다고 해도 내 눈만 버린다."

그는 꽁무니를 빼는 내가 언짢았는지 대뜸 고함을 질렀다. 괴팍한 그도 알고 보면 글에 관해서만은 엄청난 노력가였다. 논리가 정상을 벗어나 삐딱하고 아리송할지라도 우격다짐으로 밀어붙이면 그럴듯해 보이기도 했다. 어쨌거나 비타협이고 자기중심적이어서 주변 사람들을 힘들게 하는 건 틀림없었다.

사람들은 그를 만나면 슬슬 피했다. 오히려 그를 피하면서도 함께 붙어 다니는 나를 신기해했다. 같은 지역에 살다 보니 어쩔 수 없이 잘 지내야만 하는 나의 입장을 그들은 이해하지 못하는 듯했다. 나는 그와 붙어 다니는 요령을 나름대로 터득하고 있었다. 그러니까 일단은 내가 먼저 그를 찾는 일은 절대 없었다. 설령 그가 나를 찾는다고 해도 이런저런 핑계를 대며 대부분은 피해버렸다. 다만, 정면으로 맞닥뜨려지는 상황만 있을 뿐이었다.

"원소! 이리 와서 내 옆자리에 앉아라."

H는 강의실에 들어가서도 친절하게 나를 챙겼다. 그의 마음 씀씀이가 고마울 리 없는 나는 출입문 뒤쪽으로 돌아가 맨 끝자리에 앉았다.

"이쪽으로 오라니까…."

반대편에서 그가 손짓을 했지만 나는 시큰둥했다. 여러 사람이 모인 장소에서는 지금처럼 외면해 버려도 무슨 일인지 크게 탓하지는 않았다.

"저 사람은 왜 자꾸 자기를 괴롭히니?"

강남에 산다는 여자가 내 옆자리에 앉으며 딱해 죽겠다
는 듯이 말했다.

"6학년 9반 어르신이잖아요. 속마음은 그렇지 않은데
괜히 저러시네요."

"그래도 그건 아니지. 한 방 먹여버려. 저런 사람은 마
냥 이해하면 곤란하거든."

그녀도 H가 못마땅한지 투덜거렸다.

*

젊은 학생들 사이에 끼여 창작열을 올리고 있는 우리의
이력은 다양했다. 대구와 경북의 이름난 고등학교에서 평
생 고 3 학생들만 가르쳐온 H와 대기업에서 명예퇴직을
앞둔 J, 강남에 산다는 여자와 작은 꽃가게를 꾸리는 S, 그
리고 나 이외에도 두어 명의 일반인이 더 끼여 있었다. 우
리는 제각각의 삶을 살아가다가 뒤늦게 접어두었던 꿈을
이뤄보겠다고 모인 늦깎이들이었다.

강의실에는 젊은 층과 나이 든 층이 모여앉아 제대로
된 글이 나오지 않는다는 하소연이 끊이지 않았다. 글을

쓴다는 건 만만한 일이 아니었다. 젊은 학생들은 기발한 상상력이 돋보였고, 우리는 살아온 연륜에서 묻어나는 깊이가 있었다. 그래서 강의실 안은 장단점들로 어우러졌다.

나이 든 우리는 창작물이 깊어지기도 전에 등단에만 급급했다. 젊은 학생들과는 달리 살아갈 날이 턱없이 짧은 늦깎이들이라 고통의 맛을 혀끝에 오래 매달기보다는 빨리 등단해서 장학금을 받거나 학교를 빛낸 사람으로 광고되기를 바랐다. 우리의 생각이 그러거나 말거나 젊은 사람을 제치고 흡족한 경로로 등단의 영광을 얻어내기란 그리 호락호락하지 않았다.

"이봐요. 원소 씨!"

강의 시간에 P 교수의 눈을 피해 J가 낮은 목소리로 나를 불렀다. 내가 돌아보자 그는 찡긋, 눈 사인을 보냈다. J는 책상 위로 상체를 수그렸다. 지금 이 순간을 도저히 못 견디겠으니 강의가 끝나는 대로 밖으로 나가자는 신호였다. 아니나 다를까 P 교수의 강의가 끝나기 무섭게 J는 머뭇거리는 내 팔을 잡아끌었다.

"곧바로 Y 교수 강의예요. 오늘은 곤란해요."

"알았으니 걱정하지 말고 나갑시다."

나는 J에게 이끌려 301호 건물 맞은편으로 나갔다. 그는 연못을 배경으로 두고 있는 호프집 안으로 들어갔다. J는 의자에 앉자마자 치킨 안주에 맥주와 소주를 각각 한 병씩 시켰다.

"술 마실 시간은 안 돼요."

"내가 마실 거요. 당신은 시간 맞춰서 먼저 일어나면 되잖소."

주문한 맥주와 소주 그리고 강냉이 그릇이 탁자에 먼저 올라왔다. J는 큰 컵에 다짜고짜 소주와 맥주를 반반씩 따랐다. 그리고 급하게 한 잔을 쭉 들이켰다. 그는 손을 치켜들었다. 주인을 향해 '한 병씩 더'를 외쳤다. 눈치를 보아하니 남은 강의는 빼먹을 심사였다. 믿고 따라오는 게 아니었는데… 후회해도 이미 그를 빠져나가기에는 역부족이었다.

J는 학생들이 선망하는 대그룹의 간부이지만, 명예퇴직을 앞두고 일주일에 두어 번만 출근한다고 말했다. 그래서 느긋해진 시간을 활용해 수업을 듣는 듯했다. 나보다 다섯 살 위인 그는 해박하고 점잖아서 여자들에게 은근히 인기인이었다.

"대학 시절 한 번 펼쳤다가 접은 게 글쓰기요. 가슴 밑바닥이나 들추는 이런 짓을 왜 또 시작했는지 모르겠어. 곧 그만둘 거요. 남자가 글을 쓰려니까 자꾸 부끄럽다는 생각이 들어."

J는 글 쓰는 걸 좋아하면서도 반대로 마땅찮아했다. 그의 이 어중간한 마음이 싱숭생숭해질 때면 항상 나에게 술을 먹자고 청했다. 그를 처음 만난 건 예술대학 건물이 아니었다. 몇 년 전 그가 지방에서 근무할 당시 '문학 아카데미'라는 작은 모임을 통해서 먼저 알았다. 그래서 이미 나와는 많이 부대껴온 사이였다.

대기업을 이끌었다는 그는 술이 과하게 들어가면 이상한 폭력성을 드러내곤 했다. 이런저런 소소한 부분까지 잘 알고 있었기에 그에게 호감을 느끼고 주변을 서성거리는 여자들과 나는 많이 달랐다. J의 분명하고 조밀한 대화법을 좋아했을 뿐 함께 술을 마시는 건 달가워하지 않았다.

"오늘도 5분 백일장 여왕이오? 그런 돈은 다 써버려야 하니까 술값 내시오."

"여태 있을 리 없잖아요."

"없어도 그냥 계산하시오."

"수업도 빼먹는데 왜 술까지 사야 하죠?"

"당신은 글 쓸 자격이 없는 것 같소. 글 쓰는 사람은 돈을 몰라야 해."

합평시간에 즉석에서 제목이 주어지면 우리는 5분 안에 시를 써서 무기명으로 제출하곤 했다. 그때 1인당 천 원씩을 미리 거둬놓았다가 그중 제일 잘 쓴 사람에게 상으로 몰아주고 있었다. 나는 서너 번 연속 그 돈을 받았고, 즉석에서 김밥이나 커피를 샀다. 오늘도 합평 시간에 커피를 돌렸다는 걸 누구보다도 잘 알고 있었지만, 그는 슬슬 나를 괴롭혔다.

"나는 말이오, 간부 자리에 오르기까지 늘 허리춤에 긴 칼을 차고 다녔소. 내 발밑에서 치고 올라오는 자들을 베어버리기 위해서였소. 지독하게 쳐내는데도 불구하고 빳빳이 기어오르는 놈이 좋았어. 착하거나 비실비실한 놈이 싫었거든."

J는 책상 위로 몸을 수그리고 못 견디겠다며 내게 눈 사인을 보내던 때와는 엄청 다른 모습이었다.

"부하직원에게도 승진 선물로 칼을 주었소."

나는 J의 말을 들으며 접시에 담겨있는 닭 가슴살을 두 손으로 잘게 찢었다. 오래 앉아 있을 수 없었기 때문이었다. 내 눈은 자꾸만 벽에 걸린 시계를 향했다. 수업은 땡땡이쳤다 하더라도 기차 시간이 다가오고 있었기 때문이었다. 지방에서 등하교를 하는 처지라 시간을 놓치면 곤란했다.

"늦었어요. 이젠 역으로 가봐야 해요."

"알았으니 앉아보시오. 나도 곧 나갈 거요."

"술값도 냈으니 먼저 나갈게요."

"이봐요…."

8시 55분까지는 서울역에 도착해야 9시 기차를 탈 수 있었다. 그런 사정을 누구보다도 잘 알고 있었지만, 그는 모르는 척 배려하지 않았다. 택시를 타고 허겁지겁 서울역에 도착했다. 기차는 이미 출발해 버린 뒤였다. 손에 쥔 기차표는 쓸모없는 종이로 변해있었다.

학학 숨을 몰아쉬며 다시 표를 예매했다. 한 시간을 더 기다려야 마지막 기차를 탈 수 있었다. 하루 십만 원이라는 큰 금액을 들이면서 서울과 대구를 오가는 나로서는 오늘처럼 술값과 기차표로 칠만 원이라는 금액이 더 지출돼 버리면 짜놓은 가계부에서 다음 달이 빠듯해지곤 했다.

상대방의 여린 마음을 눈도 까딱하지 않고 짓밟아버리

는 남자들을 나는 왜 번번이 외면하지 못하는 걸까. 배울 만큼 배워서, 오를 만큼 오른 자리에서 세상을 제 능력껏 이끌어본 큰 사람이라고 믿어서였다. 하지만 내 믿음은 실망뿐이었다. 나약한 마음에 횡포를 당하는 것 같아 몹시 씁쓸했다. 정신피로와 몸의 피로가 한꺼번에 몰려왔지만, 나는 밤늦도록 역 안을 서성거렸다.

*

잠결이었다. 카카오톡 알림음이 연속으로 울렸다. 잠에서 덜 깬 눈을 비비며 휴대전화기를 살폈다. 카톡방에 오십여 명이 한꺼번에 초대되어 있었다. 이 시간에 누구지? 나는 초대한 사람을 살폈다. 꽃가게를 운영하는 S였다. S가 이 시간에 왜? 나는 침대에서 벌떡 몸을 일으켰다. 그러고는 다시 자세히 살폈다. S의 아내였다. S의 아내가 그의 휴대전화기에 입력된 연락처에 무작위로 띄우는 내용이었다.

'남편이 13일 밤 10시에 건물 옥상에서 실족 사망하셨음을 알려드리며 빈소는…' 아! 어째 이런 일이… 오늘도

145

수업을 같이 들었는데 사망이라니…. 나는 정신이 번쩍 들었다. '착한 네가 어쩌다가….' 안타까워하는 댓글 수십 개가 줄줄이 올라왔다.

도무지 믿기지 않는 상황이라 한동안 멍하니 앉아 있었다. 잠은 이미 말끔하게 달아나 있었다. 벽에 걸린 시계를 올려다보니 새벽 3시였다. 나는 그의 아내에게 전화해서 자초지종을 물어보고 싶었지만, 새벽시간이고 경황이 없을 것 같아 카톡방 댓글만 살피기로 했다.

그저께였다. 나는 그와 예술대학원 건물 앞 벤치에 앉아 있었다. 혹시 이렇게 될 어떤 암시라도 있었던 걸까? 나는 그와 나눴던 말을 찬찬히 떠올려보았다.

"나는 애당초 남자 새끼로는 글러 먹었어. 태어날 때부터 겁 많고 소심했거든. 사랑하던 여자가 있었어. 여자는 미래가 불투명하고 성격까지 우유부단한 나를 늘 못마땅해하더니 다른 남자와 결혼해 버렸지. 지금 생각해 봐도 그 여자는 똑똑했다는 생각이 들어."

S가 이맛살을 찌푸리며 말했다.

"그럼 지금의 아내는?"

"여자와 헤어지고 난 뒤에 우연히 만났는데… 딩크족이라는 뜻이 맞아 결혼까지 했지만, 못난 놈이랑 사느라

고생고생이지."

"문학상을 두 번이나 받았으니 앞으로는 좋은 일만 생길 거야."

"이까짓 글쓰기로? 마누라가 점쟁이를 찾아갔었나 봐. 거기서 무슨 얘길 들었는지 이곳으로 다짜고짜 등 떠밀었어. 사회적 이탈감도 두려운데 AI시대에 글을 쓴다는 건 더더욱 아니잖아. 마누라만 점점 힘들어질 거야… 시력이 나빠지더라고. 앞이 점점 흐릿하게 보여."

"2.0이라고 자랑했잖아?"

"모르겠어. 언제부턴가 안개가 낀 듯 뿌예졌어. 도로는 보이지 않고 오솔길만 보이거든. 게다가 출입금지 팻말까지 가끔씩 보이더라."

그저께 나눈 대화들이었다.

S를 만난 곳도 '문학 아카데미'였다. 나이가 같다는 이유로 친구처럼 지내고 있었다. 내가 알고 있는 그는 경솔하거나 가정적으로 무책임할 사람은 아니었다. 그런데 그의 말 중에 걸리는 게 있다면, 언제부턴가 안개가 낀 듯 뿌예져서 도로는 보이지 않고 오솔길만 보이더라는 것, 게다가 출입금지 팻말까지….

주변 사람의 힘든 일에도 솔선수범 해결점을 찾아주던

그가 자기 일에는 왜 그런 결단을 내어버렸을까. 폼 나게 잘 살지는 못했어도 착하고 부지런해서 주변에는 그를 좋아하는 사람들이 많았다.

S의 사고 충격이 채 가시기도 전에 나와 H는 몇몇 학생들과 한 조가 되어 P 교수를 찾아가 시평時評을 받아야 했다. 기차를 타고 가자는 내 말을 무시하고 H는 자신의 승용차를 몰고 찾아왔다. H는 항상 일방적인 게 문제였다. 내가 난처한 표정을 지어보이자 그는 올라가는 내내 반박을 했다.

"기름값만 반반 내."

"내려올 땐 저 혼자 기차 탈 거예요."

"뭐? 너는 내 호의도 모르고 정말 그럴 거야?"

승용차를 이용하다 보니 시간이 늦어지고 있었다. 시계는 벌써 오후 2시를 가리켰다. 12시부터 우리를 기다리고 있을 P 교수와 학생들을 떠올렸다.

"기차를 이용하면 시간도 더 정확하게 지킬 수 있다고요."

"너 임마! 내가 열심히 운전하는데 자꾸 기분 픽픽 새게 할래?"

P 교수와 학생들은 늦어지는 우리를 걱정하며 연거푸 전화를 걸어왔다. 그들은 꼼꼼하게 길 안내를 도와주었고, 뒤늦게 나타난 우리를 어쨌거나 반갑게 맞아주었다.

어둑어둑해지도록 찻집에서 창작물을 검토받은 뒤 밖으로 나왔다. 학생들은 제각각 집으로 돌아가기 위해 뿔뿔이 흩어졌다. 나도 빨리 내려가자고 H에게 재촉했다.

"임마! 교수님과 1박 해야지 가긴 어딜 가."

"그런 게 어딨어요? 저 혼자 내려갈 거예요."

"너 정말 그럴 거야?"

H는 P 교수를 식당으로 이끌면서 내 손도 잡아당겼다.

"두 분도 집으로 돌아가서요."

P 교수는 돌아가지 않는 우리를 오히려 난처해했다. H는 P 교수의 마음 따윈 상관없는 듯했다. H는 P 교수를 식당 안으로 기어코 끌어들였다. H가 이것저것 음식을 주문하면서 소주에 맥주까지 가져오라고 종업원에게 소리쳤다. 그는 술을 끊었다는 P 교수에게 자꾸만 술잔을 건넸다.

취기가 오른 H가 이번에는 P 교수 집으로 쳐들어가겠다고 우겼다. P 교수는 H를 감당하기 어려웠는지 결국 자신의 집으로 우리를 안내했다.

P 교수의 거실에서 다시 2차 술상이 차려졌다.

"글쓰기가 이렇게 어려운 줄 몰랐습니다. 딱딱한 요놈의 시詩 대가리를 꼭 쪼개봐야 성이 차겠는데 말입니다."

"H 선생의 글은 너무 관념적이에요."

"저도 저지만 원소가 걱정입니다."

P 교수의 대답에 H가 엉뚱하게도 나를 끌고 들어갔다. 묵묵히 두 사람의 대화를 듣고 있던 나는 이때다 생각하고 H에게 발끈했다.

"제가 왜요?"

"H 선생! 자신이나 걱정하세요. 원소 씨는 그만하면 잘하는 겁니다."

P 교수가 나를 두둔하고 나섰다.

"야! 원소야, 교수님 댁 냉장고 문이나 열어봐. 김치 있으면 꺼내오고."

H는 P 교수와 내가 그러든지 말든지 관심 없었다.

"빨리 꺼내 오라니까…."

H는 자신이 가르친 제자 1호들이 나와 같은 나이였다며 마치 나도 자신의 제자인 양 야! 자! 하며 거침없이 나무랐고, 잘도 부려먹었다.

"그만 마실게요. 술을 끊었다니까요."

H는 자꾸만 술을 권했고, P 교수는 손을 내저으며 덜 마시려고 노력했다.

"저도 끊었지요. 하지만 오늘은 해제했으니 마셔봅시다."

P 교수의 노력을 무시하고 계속해서 H가 술잔을 내밀었다.

"술은 사람을 죽이는 독극물이에요. 사업하다가 망한 친구가 술에 의지하다가 숨졌고, 영화배우였던 후배도 스트레스를 술로 풀다가 자살해 버렸지요. 저도 이미 술이 병을 만들고 있구요."

"끌끌… 다들 뭐가 그리 약합니까? 제가 살아온 얘기를 들으시면 남자들도 겁먹어요. 어린 시절 6.25 전쟁을 겪었고, 이십 대에는 월남전에 파견되었고요. 나머지 삼십 년은 가난을 헤쳐 나가는 가장으로서 내로라하는 학교의 고 3 수험생만 도맡아 가르쳤는데… 걷는 길마다 어찌나 드세던지 감성지수가 메말라서 테스트에서 2%가 나오더라고요. 그래서 더더욱 글쓰기의 뚜껑을 열어버린 이상 멈출 수는 없어요."

H는 P 교수의 창작세계를 우러러보며 P 교수에게 미치지 못하는 자신을 슬퍼하고 있었다. H의 글에 대한 욕망

은 P 교수를 사정없이 뒤흔들었다.

"어머니와 동생의 희생으로 공부했지만, 결과로는 아무것도 아니죠, 뭐. 집안의 희망이었는데 감수성이 예민하다 보니 이루어냈다는 성공은 고작 문창과 교수직이니… 술병도 너무 빨리 들어버렸구요."

"저도 술을 마실 때면 언제나 시체놀이를 한다고 생각합니다. 자, 자! 곱빼기로 한 잔 들어갑니다."

두 남자는 점점 술에 취해갔다. 술의 농도가 짙어질수록 이야기는 창작을 떠나 자신들이 살아온 이력을 꺼내보이며 '나는 이런 사람이오.' 하며 견주어보는 듯했다. 그들은 슬펐다가 자랑스러웠다의 휘황한 에피소드를 꺼내놓으며 건강상 끊었다던 술을 서로에게 권하고 있었다. 무방비로 허물어졌다. 가끔 꺼이꺼이 울기도 했다. 내가 아는 H가 아니었고, 내가 아는 P 교수는 더더욱 아니었다. 나는 거실 한 귀퉁이에 쪼그리고 앉아 그들의 이야기를 듣다가 문득, 엄마가 주장하던 꽃의 이미지를 떠올렸다.

"입학금만 마련해 달라니까, 졸업하면 곧바로 갚을게."

나는 밭고랑에 앉아 풀을 뽑는 엄마의 뒤를 졸졸 따라

다니며 졸라댔다.

"이런 잡초만도 못한 것! 빌려서 갚는 게 아니라 너도 벌어서 보태야 한다니까… 밭고랑에 올라오는 잡풀을 봐라. 그래도 모르겠나?"

"잡풀이 뭐?"

엄마는 풀 한 포기를 쑥 뽑아 들고는 똑바로 이해하라는 듯 목소리를 높였다.

"뿌리와 곁꽃이 희생해 줘야만 중심 대궁이가 영양분을 오롯이 받아먹고 저 꼭대기에 보란 듯이 탐스러운 꽃을 피운다니까! 그래야만 질 좋은 열매도 맺는 거고."

돈 없고 자식 많은 집에서는 한 명의 자식만이라도 잘 키워내야 그 자식이 집안을 살려낸다는 이야기였다. 시간이 흘러 뿌리와 잎이 흙으로 녹아들 무렵이면 창공蒼空에서는 튼실하게 여물린 씨앗들이 와글와글 흩어지면서 대를 이어가는 것이라고 주장했다. 엄마의 주장에 꺾이어버린 나는 부모에게 받을 혜택을 몽땅 오빠에게 몰아주어야만 했다.

엄마의 말대로라면 P 교수도, H도 한 가족이 힘을 모아 밀어올린 중심 대궁이의 꽃임에는 틀림이 없었다. 그런데… 왜? 아랫단 곁가지에 핀 나보다도 상처가 더 깊고 험

악해 보이는 걸까? 기껏 양보하고 희생해 주었는데, 티끌 하나 묻지 않고 승승장구했을 저들은 뭐지? 선택된 사람이라 제왕처럼 군림한다고 믿었는데…, 나의 우상偶像인 저들의 이야기는 왠지 서글펐다.

다들 꼿꼿하게 원하는 지점까지 올라가서 세상을 내려다보듯 아우르는가 싶었는데… 뭣 때문에 죽을 만큼 술에 의존했다는 걸까? 나는 이해불가의 그들을 아리송한 눈길로 바라보고 있었다.

나는 오랜 시간 한자리에 웅크리고 있던 몸을 끙, 하며 일으켰다. 그들의 발치에서 억울하게 희생당한 몸은 무거웠다. 졸음을 떨칠 겸 창가로 다가갔다. 창가에는 덜커덩 덜커덩 소리를 내며 바람이 지나가고 있었다. 허공에는 시커먼 구름이 펼친 검은 날개가 요란하게 펄럭거렸다. 커다란 날갯죽지에서 흰 깃털이 분분했다.

나는 2차선 도로를 내려다보며 창문을 조금 열었다. 찬 바람이 와락, 내 얼굴을 향해 달려들었다. 바람을 막으려고 얼굴을 창문 바깥으로 디밀었다. 펄펄 날리는 눈송이가 얼굴에 차갑게 와 닿았다. 3층의 좁은 창가에 대롱대롱 매달린 얼굴이 금세 커다란 눈꽃송이로 변해갔다. 허공으로 뻗친 내 모가지가 거친 눈보라에 비비 틀렸다. 그

대로 잠시 잠깐, 나는 중심 대궁이가 피워 올린 탐스러운 꽃이 되고 있었다.

엄마는 자신의 방식대로의 꿈을 이루어냈었다. 그런 엄마의 자랑이자 가난에서 벗어나는 길이기도 했던 오빠는 엄마의 기대에 어긋나지 않는 경로를 골고루 거쳐서 성공한 사업가로 변신했다. 그러고는 올망졸망한 손자들을 엄마 품에 안겨주었다. 손자들도 나름대로 잘 성장하고 있었다. 엄마는 남 부러운 게 없었다.

그 때문이었을까. 구순의 엄마는 십 년 가까이 침대에 누워 대소변을 해결했음에도 불구하고 딸과 간병인에게 떵떵 큰소리쳤다. 맘껏 휘둘렀고, 거침없이 부려먹었다. 엄마는 절대로 기죽지 않았다. 주장 센 엄마의 말년을 주위 사람들은 복 많은 노인이라고 부러워했다. 알게 모르게 그 영향을 받은 탓인지. 나도 가끔 엄마처럼 사람을 은근히 꽃에 빗대는 버릇이 있었다.

나는 창문을 닫았다. 창 밑에 다시 쪼그리고 앉았다. 거실에서 술잔을 앞에 놓고 티격태격하는 P 교수와 H도 이젠 지쳤는지 몸을 웅크리고 졸기 시작했다. P 교수도 H도 낮게 코를 골았다. 두세 시간이 그렇게 흘러갔을 때 창가에는 희뿌옇게 새벽이 오고 있었다. 나는 H에게 다가가 어깨를 흔들었다.

"그만 나가요. 민폐도 이런 민폐가 없어요."

"으응, 몇 시냐?"

P 교수 몰래 밖으로 빠져나온 우리는 대구로 가는 고속 도로에 자동차를 올렸다. 얼마를 달렸을까. 내리던 눈이 그쳐있었다. 희뿌옇게 솟은 휴게소가 보였다.

"원소야, 배고프지? 식당 찾아봐."

H를 알고 지낸 7년 내내 내 주머니에서만 밥값이 나와 야 하는 이해불가의 원칙이 있었다. 나는 오늘만큼은 그 원칙을 깨트려 주고 싶었다. 그래서 올라올 때 혹시나 해 서 싸온 도시락을 꺼내 보이며 말을 건넸다.

"이 도시락은 상했을까요?"

"아! 도시락이 있었구나. 상해도 괜찮다. 밑져봐야 설사 한 방이지 뭐."

그도 어느 정도는 내 마음을 짐작한다는 뜻일까. 아니 면 생사를 넘나들며 가난을 온몸으로 극복해 낸 사람이라 그럴까. 참으로 시원스럽게 그러자고 대답했다. 꺼내놓은 도시락은 차갑게 굳어 있었다. H에게 굽히기 싫은 내 마 음이 차가운 밥을 한 숟가락 떠서 맛나게 먹어보였다. H

도 도시락에 떨어지는 아침 햇살만큼이나 청량한 얼굴로 밥을 먹었다.

나는 H를 향해 은근슬쩍 나의 내공을 견주어보고 있었다. 적절한 타이밍으로 H를 한 방 먹인 것 같아 기분이 좋았다. 우리는 차가운 음식을 깨끗이 비웠다. 꽁꽁 언 몸을 데우기 위해 나는 자판기에서 커피를 빼왔다.

절대 기죽지 않는 H와 함께 있을 때면, 가끔 견고한 기계와 있는 것 같았다. 도대체 저 코리아 메이커는 어느 집 안에서 생산된 제품이기에 저토록 저돌적인 힘이 나오는 걸까? H는 칼바람에도 아랑곳없이 벤치에 앉아 무슨 생각에 잠겼는지 눈길이 아득했다. 그런 그의 얼굴 군데군데에서는 상처 아물린 흔적이 엿보였다. 거무스름한 H의 좌측 볼에는 사선으로 그어진 흉터가 또렷했다.

저 상처는 뭐지? 시들시들 시들 때도 되었건만 아직도 꿈을 부풀리는 그의 눈가에는 고엽제로 인한 고름이 맺혀 있었다. 그는 휴지로 고름을 닦으며 주머니에서 한 줌 알약을 꺼내 입 안에 털어 넣었다. 그리고 입을 오물거렸다. 오물오물 모은 침으로 꿀꺽, 물 없이도 잘도 약을 삼켰다.

"갈기갈기 찢기는 몸 시를 써야 하는데."

그가 무겁게 입을 열었다.

"오! 멋지겠는데요."

"멋진 거 좋아하네. 팔다리도 좆도 다 찢어져 나뭇가지나 잡풀에 얹히면 너는 그게 무슨 언어가 되는지 알아?"

"알 것 같기도 하고….."

"알기는 개뿔! 쉰 소리 집어치우고 그만 가자."

H의 큰소리에 나는 또 대책 없이 작아졌다.

누군가의 주머니를 턴 수액이 몸 구석구석을 돌고 있을 H라면 아마도 저승사자가 눈앞에 와 있어도 눈 하나 까딱하지 않을 것 같았다. 나는 꽁꽁 언 밥을 기꺼이 먹어준 꽃의 손을 슬쩍 잡아당겼다. 그리고 그 손등에 경의敬意의 입맞춤을 했다.

"뭐야? 너 인마 나 좋아하냐?"

"좋아하긴 뭘 좋아해요. 눈길이라 운전 조심해 달라고 하는 거죠."

"짜식, 당연한 걸 두고 까불고 있어."

도로는 위태로웠다. 그런 도로를 H가 힘들게 운전을 하거나 말거나 자꾸만 졸음이 쏟아졌다. 차창에 떨어지는 따사로운 햇살이 대책 없이 눈꺼풀을 짓눌렀다. 나는 점점 비몽사몽이 되어갔다.

S와 나는 벤치에 앉아 커피를 마셨다. S는 한겨울에도

건물 틈새를 비집고 올라오는 여린 풀을 가리켰다.

"저 좁은 틈새에도 가냘픈 생명은 살아가고 있었네. 저여린 녀석이 올려다보는 허공은 어떨까. 우후죽순 자라난어마어마한 건물들이 무섭고 두렵지 않을까?"

"나도 무서워."

"나도 슬픈 잡풀들이지."

S는 손으로 잡풀 한 포기를 뽑아들었다.

"먼지와 빗물이 섞여 저 틈새를 막아내지 않았더라면잡풀이 살아낼 수 없었을 거야. 낮은 것 아래에는 더 낮은것들이 끝없이 존재하는 구조가 다행인 걸까? …아버지는 장남 외엔 모두 농사꾼을 만들려고 했어. 나와 동생은일찌감치 집을 뛰쳐나와 스스로 대학까지 마쳤는데도 불구하고 무슨 일인지 큰형님 외엔 다 꼴이 시원찮더라고.엄마 뱃속에서부터 동생과 나는 틈바구니 태생이었나봐."

잔잔한 바람이 지나가자 S의 목이 잡풀과 같은 방향으로 휘어졌다. S에게서 순한 풀 향기가 났다. 바람이 몰아치는 균열의 틈새에서 나와 S는 어깨를 나란히 비틀었다.

"H와 J는 폭력적이라 무섭더라."

"무섭기는… 멋있더라 뭐. 꼭대기에서 장한 일도 많이

했을 테고."

"흥! 우리는 얼마나 희생했게? 그들은 너무 일방적이야."

"앞에서 이끌어가려면 일방적일 수밖에… 이젠 그들도 추락이니 완충용 어깨나 디밀어주자고."

"쳇, 그런 게 어딨어. 우리가 봉이야?"

"이젠 옷을 벗었으니 천천히 본연의 모습으로 되돌아오겠지. 흙탕물 퉁겨지는 아랫단이 큰소리칠 게 뭐 있냐."

잡풀도 꿈이란 게 있었다. 열심히 발뒤꿈치를 들어 올리며 허공을 재어보지만 허공은 끝없이 우리를 짓눌렀다. 꿈의 꼭대기는 늘 아득하기만 했다. 우리는 어중간한 지점에 수백 편의 사유를 매달았고, 그 어중간한 지점에서는 설익음을 탓하며 끝없이 추락시켰다. 다 부질없다 여기면서도 밤낮없이 자판을 두들겼다.

아! 그런데 어느 날 우리가 두들기는 자판 위 모니터에… 여리고 여린 생명들이 앙증맞게 자라나기 시작했다. 그 생명들이 우리의 등을 떠밀었다. '나가! 이젠 나가도 돼!' 귀에서 마침내 환청이 들리기 시작했다.

"일어나, 인마! 운전하는데 의리 없이 잠이나 퍼질러 자고 말이야."

H가 어깨를 툭툭 흔들며 고함을 질렀다. 나는 부스스 고개를 들어 졸음을 흔들었다.

"집 앞이야! 빨리 내려."

나는 가방을 둘러매고 급하게 차에서 내렸다. 그리고 집으로 들어가기 전, S가 뛰어내렸다는 상가 옥상으로 발길을 돌렸다. 옥상 철문에는 자물통이 걸려있었다. 그런데… 자세히 보니 자물통에 열쇠가 끼워져 있었다. 주인이 깜박 잊고 열쇠를 빼지 않은 모양이었다.

나는 도둑질하는 범죄자처럼 가슴이 두근거렸다. 금지된 곳을 침입한다는 것이 이렇게 심장이 쫄깃해지는 일인 줄 몰랐다. 나는 크게 심호흡을 쉬고는 문을 열었다. 휘리리, 칼바람이 내 몸을 옥상 안으로 빨아들였다. 나는 몸을 비스듬히 돌려 바람을 피했다. 사람들이 이곳으로 올라온 나를 발견하면 어쩌지? 나는 무릎을 반으로 꺾어 슬금슬금 기었다. 겨우 난간까지 다가가 건물 아래를 내려다보았다. 아찔했다. 6층이 이렇게도 높았던가.

나는 S가 이곳에서 무슨 생각을 했을까를 생각했다. 허공을 올려다보았다. 허공에는 희미한 낮달과 구름이 칼바람을 피해 어딘가로 빠르게 달아나고 있었다. 한 가정의 가장이 추구했을 꼭대기는 씁쓸하리만치 사납고 난폭했다. "왜 죽었어?" 나는 마치 살아있는 그에게 문듯 말했다. 그러자 여리디여린 꽃이 내 손을 잡았다. 차갑고 부드러웠다. 손을 포갠 우리는 한발 한발 난간 쪽으로 발을 옮겼다. 그때였다. 누군가가 내 팔을 힘껏 낚아챘다.

"죽으려는 거요? 이곳에는 왜 올라왔소. 여기서 사람이 죽었다는 걸 모르시오?"

낯선 남자가 손목을 낚아채고는 나를 노려보았다. 너무 놀란 나머지 남자의 손아귀를 뿌리치며 허겁지겁 계단을 내려왔다. 다급하게 내려오느라 발목이 휘청했다. 나는 건물 맞은편에 앉아 아픈 발목을 주무르며 한참이나 건물 옥상을 올려다보았다.

빼빼 마른 S의 얼굴이 대궁이와 잎사귀 사이에 끼여 바람에 버석거렸다. 옥상에서는 먼먼 행성 하나가 바람을 타고 아래로 아래로 곤두박질치고 있었다.

*

겨울방학이 끝나자 곧바로 졸업식이었다. 허공엔 진눈

깨비가 나부꼈다. 예술대학원 건물은 연못이 내뿜는 죽은 짐승의 털 냄새를 한껏 껴입은 채 우두커니 서 있었다. 건물은 뿌연 대기에 마취되었는지 묵직한 어깨를 축 늘어뜨렸다.

"전화했었는데 왜 쌩까는 거요?"

"H와 있을 때여서 감히 전화를 받을 수 없었어요."

"H? 나는 그가 싫소. 조직 생활을 안 해봐서 그런지 성품이 너무 제멋대로요."

"J 씨! 당신도 마찬가지잖아요."

곁에 있던 강남 여자가 우리가 나누는 말에 끼어들었다. J는 강남 여자에게 이맛살을 찌푸렸다. 그리고 다시 나를 향해 능글능글해졌다.

"원소! 당신은 그 맹한 눈빛이 문제였어. 내 허튼소리 배설구로 딱! 좋더군."

"무슨 말이 그래요? 정말 몹쓸 사람이네."

강남 여자가 눈을 동그랗게 뜨고 나 대신 J에게 화를 냈다.

"괜찮으니 내버려둬요. 한 남자의 지독한 독백에 귀를 내줬을 뿐이에요."

"그래도 그건 아니야. 남자는 남자들끼리 치고받아야

지. 여자에게 왜 그러냐고. 양아치처럼. 우리가 당신 부하예요?"

강남 여자는 졸업하는 이 순간이야말로 그동안 당해온 모든 걸 되돌려줄 수 있는 기회라고 여기는지 J에게 엄청나게 쏘아붙였다. 그런데 J는 그녀가 퍼붓는 악담에도 불구하고 싱글싱글 웃고 있었다. 다만 "시장판이야 시장판… 부끄럽지도 않나 봐."라는 젊은 친구들의 낮은 목소리가 들렸다. 그제야 우리는 슬금슬금 건물 뒤로 몸을 숨겼다.

건물 뒤에서도 우리는 왕왕거렸지만, 그 소리는 점차 안개처럼 쪼그라들었다. 평생 누구에게 사과라는 걸 해본 적 없다던 J가 우리에게 용서해 달라는 악수를 청했다.

"수컷들은 모두 내 경쟁자이지 동지가 아니잖소. 습성이 저지른 잘못이니 용서하시오."

삼각형 건물은 때 이른 꽃을 삐죽이 내밀었다. 오종종 꽃을 매단 나뭇가지는 바람에 흔들렸다. 위태로운 가지에 매달린 졸업생들은 다들 무슨 생각을 하고 있는지 알 수는 없었지만, 얼핏 보기에는 허공과 발아래를 짐작하는 듯했다.

졸업식장을 향해 뚜벅뚜벅 계단을 밟는 발걸음이 무거웠다. 창밖에는 하찮은 바람에도 자지러지는 나뭇가지가 졸업식장을 들여다보며 S가 보이지 않는다고 윙윙 서럽게 울었다. 질리지 않을 글감을 찾아 헤매던 빈털터리의 감성은 서로에게 상처를 남긴 것 외엔 아무것도 없는 듯했다.

"원소야!"

늦게 나타난 H가 분위기 파악을 못 하고 목소리를 높였다. 그는 방학 동안 대학동기들과 아시아로 배낭여행을 다녀왔다고 자랑했다.

"청춘도 아닌데 대단하시네요."

"한 공간의 낯선 여행자들과 충돌이 잦았지. 친구들은 나를 어디로 튈지 모르는 시한폭탄이라고 감시까지 하더라."

"감시해야 할 사람 맞잖아요."

"맞기는 개뿔! 죽었다가 깨어나 봐라. 나를 이해할 수 있나. 쳇."

H는 여전히 큰소리쳤지만, 어딘지 모르게 순해져 있었다. 그들이 달라진 것일까? 아니면 처음부터 우리가 그들을 이해하지 못했던 것일까? 그것도 아니면 그들도 이제

는 적당히 낮은 곳으로 내려왔다는 뜻일까? 나는 한참이나 헷갈렸다.

졸업식 플래카드가 내걸린 건물 안에서, 우리는 마음을 뻗어 타인을 껴안았다. 오므린 가슴이 오므린 가슴에게 기대어 한껏 봉긋해졌다. 허공에는 우리의 한때가 바람에 넌출거렸다.

지층의 갈피마다
망각이 끼워져 있다

못 자리에는 아파트가 수초처럼 자라나 있었다. 자라난 콘크리트 건물을 겨울바람이 횡횡 휘감았다. 그 바람을 물살인 양 가르고 지나가는 나는 한 마리의 물고기 같았다. 내 기억이 스민 지난날이 비릿한 냄새를 풍겼다. 무엇을 낚으려 했기에 그 기억의 터에 수시로 낚싯대를 드리웠을까. 못 중심에서 못둑이던 곳까지 천천히 걸어 나왔다.

　시간을 확인하기 위해 휴대전화기를 들여다보았다. 선배와의 약속 시각이 점차 가까워지고 있었다. 그는 왜 나를 식당으로 불러내는 것일까? 그와 나는 각자의 삶에서 생겨나는 아픔을 슬쩍 기대곤 하던 사이였다. 하지만, 언제부턴가 그와의 관계가 껄끄러워지고 말았다.

마지막으로 함께 앉아있었던 찻집에서의 일을 떠올려보았다. 그는 한 통의 전화를 받았고 가야겠어. 하며 벌떡일어났다. 나를 바라보는 그의 눈빛이 그 무렵부터 달라졌던가? 미처 떠나보낼 준비를 하지 못한 나와는 사뭇다른 모습이었다. 그 당시 그의 동공에서는 설핏, 어떤 새로운 결의 같은 것이 서려있었다.

내가 그의 알 수 없는 행동을 헤아리는 사이, 그는 벌써찻집 밖으로 총총 걸어 나가고 있었다. 제발 가지 마! 미처 발설하지 못한 말을 입에 물고 나는 어이없게도 입천장 아래와 위를 얼얼하도록 부딪치고 있었다. 쓸쓸한 마음을 달래며 창가에 주저앉아 다급하게 내 곁에서 사라지는 그의 모습을 속수무책 지켜만 보고 있었다.

그날 이후 나는 단 한 번도 그를 만나지 못했다. 그가떠나고 없는 날들이 쭉- 쭉 이어졌다. 여름이 지나가고 가을이 지나가고 어느새 계절은 겨울로 성큼 건너뛰어 있었다.

나는 신호등 앞에 멈춰 섰다. 아파트 앞 횡단보도 주변에는 땅의 여러 곳이 갈라지고 벌어져 있었다. 아마도 못이 메워지고 생겨난 지반의 특성 같았다. 이 동네와 나는인연이 질겼다. 풍경이 몇 번이나 갈아엎어진 이곳에서 몸의 어혈을 풀며 나는 지금껏 대궁 마른 수초를 흔들고 있었다.

*

　연못이라는 식당으로 올라가기 위해 나무계단을 밟다가 깜짝 놀랐다. 발목을 휘청하며 뒷걸음질 쳤다. 이 추운 겨울에, 더군다나 도시의 언덕배기에 웬 뱀이지? 뱀을 보자 나도 모르게 온몸의 신경이 곤두섰다. 돌아가신 아버지가 떠올랐다.

　나는 아버지보다는 강단이 세다는 걸 보여주고 싶었다. 나무막대기 하나를 주워들었다. 그러고는 두 눈을 부릅뜨고 막대기로 뱀을 건드렸다. 작디작은 초록색 새끼 뱀이었다. 뱀은 이미 무거운 무언가에 깔려 몸통 중간 부분이 짓이겨져 있었다. 계절을 분간하지 못한 새끼 뱀이 안쓰러웠지만, 그와 동시에 내 철천지원수를 만났다는 생각에 목 뒷덜미가 뻣뻣해졌다.

　이미 죽은 새끼 뱀인데도 불구하고 나는 뱀을 노려보았다. 그런데 어라…? 뱀을 자세히 살펴보니 플라스틱으로 만들어진 장난감이었다. 뱀만 보면 정신을 못 차리는 나는 놀란 가슴을 허망하게 쓸어내렸다. 쓸데없이 쿵쾅거리는 심장에 손을 얹고 휴, 한숨을 내쉬었다. 다시 식당을 향해 발길을 옮겼다. 플라스틱 뱀이 졸졸 따라오는 것 같아 몇 번이나 뒤돌아보았다.

뱀에 놀라 뒷걸음치다가 휘청한 발목이 걸음을 떼어놓을 때마다 찌릿했다. 당분간은 조심해야 합니다. 하고 주의를 주던 의사의 말이 생각났다. 십 년 전에 발목을 삐끗한 후 별 치료 없이 회복된 발목이었는데, 지금에 와서 통증을 일으켰다. 엑스레이 검진 결과 헐렁해진 인대에 발목뼈도 24도가량이나 벌어져 있어 '발목불안증' 이라는 진단을 받았다. 이 경우는 수술만 하면 예후가 좋다고 했다.

망설이던 나는 두 달 전에 재활병원에서 벌어진 발목뼈에 나사를 박고 인대 재건수술을 받았다. 그래서 아직은 발목이 상당히 불안정한 상태였다.

식당 문을 밀었다. 앉아 있는 몇몇 사람을 쭉 둘러보았다. 아직 선배는 보이지 않았다. 나는 접질려진 오른발을 절룩거리며 창가로 다가갔다. 창가에서 바라보면 이곳으로 올라오는 길목이 보였기 때문이다. 올라오는 길목 어디에도 그의 모습은 보이지 않았다.

식당 창가에서 내려다본 풍경은 이 지역이 한때는 못이었다는 사실을 한눈에 알아볼 수 있었다. 둥그런 지형이 못 형태 그대로였다. 못의 원판 안에는 수초가 아닌 아파트로 빼곡했다. 배자못과 이어진 대불산은 이름만 산이지 낮은 언덕배기에 불과했다. 그 언덕배기에 들어선 식당을 마을에서 올려다보면 크고 덩그랬다. 바람이 미세먼지를 휘감으며 분지 안을 맴돌다가 가끔 언덕배기를 오르내렸다.

경사지고 꼬불꼬불하던 2차선 도로는 넓고 시원한 8차선으로 바뀌어 있었다. 마을 뒤편에는 예전이나 지금이나 변함없이 금호강이 유유히 흐르고 있었다. 마을은 강 때문에 더는 뻗어나갈 수 없는 구조였다. 몰리고 몰리다가 더는 도망칠 여력이 없어진 범죄자와 같았다.

도시의 외곽지로 한없이 낙후된 이곳을 사람들은 검단들이라 칭했다. 검단들은 밀려오는 도시개발에 까치발로 버티다가 결국 서리 맞은 잡풀처럼 무릎을 꺾었다. 저 멀리 버스 종점이 보였다. 89번, 51번 대신 이제는 636, 323, 937번 버스가 세워져 있을 것이다.

오래전 이곳에는 새벽이면 짙은 안개로 사위가 잘 분간

되지 않았다. 에워싼 안개만큼이나 습한 이야기가 자욱하게 갇혀 있었다. 낚시터였던 못가에서는 토막시신이 발견되었다. 그 당시 시청률이 높았던 TV프로 '수사반장'을 통해 사건이 재연되기도 했었다. 그러다가 못은 공단 폐수로 오염되어 악취와 모기떼로 오글거렸다.

그다음에는 못이 메워지는 공사현장이 나타났고, 그 공사현장에서는 또 다른 슬픈 이야기가 흘러나왔다. 새로운 굴삭기 작업자가 공사현장에 투입되면서였다. 그는 흙으로 돋워놓은 땅의 지반을 미처 인식하지 못한 듯했다.

"작업하던 굴착기가 숨구멍으로 말려들었대."

"겨우 기계는 빼 올렸지만, 사람의 목숨은 구해내지 못했나 봐."

"결혼을 앞둔 총각이라는데 어쩌누."

"경험이 적어서 실수를 했나 보네."

끔찍한 일이었지만, 그 사건마저 허망하게 메워졌다. 메워지고 메워진 땅은 물컹했다. 물컹한 땅을 밟고 다니던 사람들은 현기증을 일으켰다. 마을사람들은 그 땅을 고무 땅이라 불렀다. 우리는 고무 땅을 밟으며 술에 취한 사람처럼 비틀거렸다.

땅을 딴딴하게 다지기 위해 그곳에서는 사람들의 발길

을 불러들이는 각종 행사가 열렸다. 나도 부지런히 그 행사장을 돌아다녔다. 그러고 일 년쯤 더 흘렀을까? 이번에는 건설회사가 나타나 아파트를 짓기 시작했다.

그렇게 덮이고 덮이면서 생겨난 아파트에 입주한 나는, 유달리 눈망울이 댕그랬다. 크고 댕그란 눈망울을 갖게 된 데에는 나름의 이유가 있었다. 내 짐작일 뿐이지만, 아마 어머니 뱃속에서 태아胎兒로 웅크릴 때 형성되었을 거라고 믿었다. 놀란 가슴을 쓸어내리며 죽어가는 아버지를 온몸으로 느꼈을 게 틀림없었기 때문이다.

"언니 왔어?"

식당 문을 밀며 들어오던 유미가 창가에 서 있는 나를 발견하고 아는 체했다.

"네가 어쩐 일이니?"

"어쩐 일은… 영호 오빠 만나러 왔지."

영호 선배를? 황당하게도 나는 유미의 말뜻을 얼른 이해하지 못하고 있었다. 당황해하는 나를 힐끗 쳐다보며 유미가 피식 웃었다. 네가 선배랑 만난다고? 자초지종이 궁금했지만, 왠지 물어보면 안 될 것 같았다. 애써 태연한 표정을 지어보이며 창가로 시선을 돌렸다.

"뭘 그렇게 보고 있어?"

유미가 창가로 다가왔다. 나는 우측을 그녀에게 내어주고 좌측으로 비켜섰다. 내가 위치를 바꾸자 창밖에는 아까와는 달리 붕어 한 마리가 수면 위로 튀어 오른 듯, 배자못 길 도로명 표지판이 햇살을 받아 번들거렸다.

"많이 변했어. 장구벌레가 바글바글했는데."

"여름에는 방마다 모기장을 쳤었잖아. 모기장에는 모기들이 새까맣게 달라붙었고, 악취는 또 얼마나 코를 찔렀냐."

유미는 내 말에 자기도 이 동네에 관해서는 할 말이 많다는 듯 맞장구쳤다.

"언니! 저기 저 도롯가에 서 있었던 버드나무 기억하지? 우듬지에 까치집도 있었는데."

"기억하지. 버드나무."

"못가에 뿌리박아 옴짝달싹 못 하고 살아가더니…. 풀어헤친 머리에 까치집을 핀처럼 꽂고는 까르르까르르 웃어젖히는 꼴이 나랑 비슷했는데."

"무슨 말이 그러니?"

"아직도 이 동네를 벗어나지 못했는데 미치지 않았다면 그게 더 이상하지… 나도 매일 아침 머리에 머리핀을

꽂았어. 그래야만 버드나무인가 보다 하고 숨을 쉴 수 있었거든."

"결혼이나 해. 달라질 수 있어."

"언니야! 내 머리통이 온통 헝클어진 실뭉치라니까."

짜증 섞인 유미의 말에 놀라 힐끗 그녀를 쳐다봤다. 부담스러울 만큼 아름다운 용모였다. 우아하게 서 있는 유미는 온몸에 명품을 휘감고 있었다. 누가 보아도 대부호의 외동딸쯤으로 여길 것 같았다. 그녀는 고급 음식이 아니면 속이 부글거린다며 입에도 안 댔다. 늘 까다롭고 도도했다. 외형만으로는 그 누구도 그녀의 슬픈 성장기를 짚어낼 수 없을 것 같았다.

유미는 이 마을 터줏대감인 할머니가 다섯 살 때 고아원에서 데려온 아이였다. 할머니의 집은 가정부와 운전기사를 두고 살 만큼 살림 규모가 큰 집이었다. 말이 입양이지 집안의 소소한 심부름이나 시킬 요량으로 데려온 아이였다.

"언니! 저기 할머니 집 보이지? 독한 할망구… 차라리 고아원에서 데려오지나 말지. 이렇게 근본 모를 사람으로 살아가게 하다니… 그 할망구도 이젠 치매더라."

도도하고 아름다운 여자의 입에서 나올 법한 이야기는

아니었다. 유미는 치매 정도로는 속이 안 풀린다는 듯 원망 가득한 눈빛으로 할머니 집을 쏘아보았다.

*

칼날처럼 뿌연 안개가 목련의 목을 댕강댕강 잘라내던 봄이었다. 유미는 주방 창문 난간에 서서 못 안을 기웃거렸다. 그리고 자욱한 안개 속으로 자신의 몸을 내던졌다. 냉장고에서 떡국과 만두를 꺼내 펄펄 끓는 냄비 안으로 던져 넣듯 한순간에 벌어진 일이었다.

"지금 뭐 하는 거얏!"

냅다 질러대는 외마디는 할머니의 목소리가 아니라 찌르르 새소리였다.

"머리에 피도 안 마른 년이 쥐약까지 처먹고 뛰어들었어."

할머니 목소리에 이어 운전기사가 얼른 못 안으로 뛰어들었다. 물에 잠기던 유미의 긴 머리카락이 운전기사의 손아귀에 휘감겨 올라왔다. 할머니는 유미의 뺨을 사정없이 후려쳤다. 유미는 삼킨 물을 내뿜으며 물총새처럼 찌르르 가늘게 울었다. 몽롱한 의식에도 안절부절못하는 가정부의 모습이 유미의 눈에 설핏 비쳤다.

"어떡해요, 어르신."

"물을 토하면서 약도 토해냈으니 밥솥에 있는 밥이나 목구멍으로 퍼 넣어."

"정신 차려라. 할머니가 보고 계신다."

가정부는 유미를 안고 할머니가 시키는 대로 분주하게 몸을 움직였다.

"목구멍에 꾸역꾸역 밥이 되올라오도록 자꾸 퍼 넣으라고 하잖아."

"어르신, 병원이 낫지 않을까요?"

"못된 년 때문에 내가 욕을 먹을 수는 없다. 밥으로 씻어내."

유미는 따뜻하게 챙겨주는 가정부를 엄마처럼 따랐다. 엄마 같은 아주머니가 급전이 필요하다는 말에 유미는 할머니 지갑에서 돈을 훔쳤다. 돈의 출처가 빤했음에도 불구하고 가정부 아주머니는 그 돈을 받아 챙겼다. 급했으니 돈은 요긴하게 잘 쓰였을 것이지만, 유미는 그 대가를 톡톡히 치러야만 했다. 손버릇 나쁜 아이로 찍혀 구박과 매질을 당했다. 가정부와 유미는 그 일의 자초지종에 대해서는 굳게 입을 다물었다.

"근본 없는 도둑년!"

할머니 집 식구들은 아침마다 떡국을 즐겨 먹었다. 유미는 그들이 남겨놓은 식어 빠진 떡국을 입 안으로 꾸역꾸역 밀어 넣으며 실어증을 앓았다. 한동안 그런 날들이 이어졌다. 유미는 문득 자기를 낳아준 친엄마가 궁금했다. 얼굴 한 번 보지 못한 엄마를 그리워하며 점점 벙어리가 되어갔다. 할머니는 그런 유미를 파양罷養하기로 결정했다. '박' 씨 성으로 창시創始를 했고, 5월 5일 어린이날을 생년월일로 기재시켜 집에서 내쫓았다.

쫓겨난 유미는 공장을 전전했다. 그러면서도 야간 중, 고등학교를 마치고, 대학 졸업장까지 손에 쥐었다. 유미는 자신의 앞날을 위해 죽을 만큼 노력했다. 부잣집 막내딸처럼 보란 듯이 살아가는 게 그녀의 희망이었다. 천하거나 값싼 것은 되도록 멀리했다. 끝없이 변신을 거듭해왔음에도 불구하고 이 마을에서의 그녀는 여전히 헛바람든 고아孤兒에 불과했다.

"늦어서 미안하다."

선배의 목소리에 우리는 출입문 쪽으로 고개를 돌렸다.

"오빠! 왜 이리 늦었어?"

유미가 발끈하며 내 손을 잡아끌었다. 그리고 그가 앉으려는 식탁 앞으로 다가갔다.

"경비원하고 말이 좀 길어졌어. 내가 뭘 어쨌다고 그러는지."

선배는 늦어진 변명을 낮은 목소리로 중얼거렸다. 오랜만에 만난 그가 나에게 악수를 청했다. 그 모습을 지켜보던 유미가 입술을 씰룩했다.

"언니! 나 영호 오빠랑 다른 지역으로 떠날 거야."

유미의 말이 선뜻 이해가 안 됐지만, 가슴부터 철렁했다. 선배와 유미는 띠동갑이었다. 나이 차이가 있는 만큼 서로에게 관심조차 두지 않던 사이였다. 그런 그들이 도대체 언제부터 만나왔기에 함께 떠난다는 말까지 나오는 걸까? 남녀 사이일까? 내가 저들을 만나지 못했던 9개월 동안에 생겨난 일이라고는 믿어지지 않았다. 나는 듣기 곤욕스러운 유미의 말을 되도록 못 들은 체했다.

"이젠 안정적이고 싶어."

이번에는 선배가 나를 힐끗 쳐다보며 말했다. 선배는 유미를 좋아하는 마음만은 감출 수 없다는 듯 연신 유미를 향해 눈웃음쳤다. 나는 선배의 모습을 바라보며 몹시 씁쓸해졌다.

선배는 명치에 손을 얹고 얼굴을 찡그렸다. 위가 아픈 모양이었다. 그는 늘 신경성 위염을 앓고 있었다. 유미는 아파하는 선배 옆에서 오빠 배고파를 연발하며 입고 있는 울 셔츠의 잔털처럼 하늘거렸다. 선배는 주방을 향해 음식을 재촉했다. 내가 알고 지내던 선배가 아니었다.

그들의 분위기에 어색해진 나는 자꾸만 창밖으로 눈길을 돌렸다. 창밖 언덕배기에는 온갖 마른풀들이 헝클어져 있었다. 그 헝클어진 마른풀 위로 낮게 뜬 비행기 한 대가 허공을 찢으며 지나갔다. 허공에는 금세 커다란 붕어가 비늘을 반짝이며 꿈틀거렸다.

"식으면 맛없어. 얼른 먹어봐."

쉰이 되도록 여자와 두어 번 동거한 경험만 지녔을 뿐, 정식 결혼을 하거나 자식을 얻지 못한 선배가 내 앞접시에 자꾸만 음식을 얹었다.

그는 가방에서 책을 꺼내 내게 내밀었다.

"뭐죠?"

받아 든 책은 고서古書였다. 책갈피 하나를 넘기자 오래 삭은 종이는 마른 꽃잎처럼 와삭 으스러졌다.

"안 돼, 그렇게 넘기면."

"이런 걸 왜 줘요?"

"이삿짐을 정리하다가 골라봤어. 그래도 생명의 은인이잖아."

"은인은 무슨…."

"미안하다. 내가 어쩌다가 이렇게 되고 말았다."

선배는 주머니에서 작은 보석함을 또 꺼냈다.

"송진이 천 년이면 호박이 되는 건 알지? 이천 년이면 금파, 삼천 년이면 은파, 사천 년이 미르가 되는 거야. 전설 같은 이야기지만, 이게 바로 그 미르야."

그는 18K로 동그란 그물망을 만들어 그 안에 미르를 넣은 반지를 보여주었다. 그는 내 손목을 당겨 그 반지를 손가락에 끼우려 했다.

"나 주려고? 싫어, 유미나 줘요."

선배와의 실랑이를 지켜보던 유미가 얼른 반지를 낚아채더니 이리저리 돌렸다.

"에계! 송진은 뭐니 뭐니 해도 벌레를 아울러야 멋있는데 별로다, 이건."

"싫으면 제주도로 가져가서 믿거나 말거나 박물관에나 기증해 버려."

나는 반지를 슬쩍 쳐다보며 말했다. 18K 망 안에 든 송진인가 뭔가는 뽑아놓은 늙은 어금니 같았다. 누르스름하고 작고 찌그러져서 그야말로 하찮아 보였다. 선배는 상처는 상처가 치유한다면서 반지에 의미를 넣어보라고 권했다. 도대체 사천 년 전 소나무의 상처에서 흘러나온 진물이 내 몸에서 흐르는 진물을 어떻게 치유한다는 말인가. 선배는 심드렁한 내 마음 따위에는 아랑곳없이 손가락을 당겨 기어코 그 반지를 끼웠다.

선배와 유미는 겉모습만큼이나 생각도 정반대였다. 저들이 어떻게 서로에게 이끌렸을까. 화려한 옷만큼이나 감수성이 풍부한 유미는 변화무쌍해서 늘 새로웠다. 선배도 그런 유미의 매력에 푹 빠졌을지도 모른다고 생각했다.

유미는 선배가 입버릇처럼 말하던 꿈속 마을에 관해서도 떠들었다.

"오빠! 많이 헤맸지만, 꿈속이랑 똑같은 곳은 없었지?"

"응. 하지만 그 마을은 왠지 끌리더라고."

"나도 괜찮아. 무엇보다도 오빠가 내 곁에 있을 거니까."

유미는 하던 말을 멈추고 나를 쳐다봤다. 그리고 얼굴을 찡그리며 말했다.

"언니! 지난번에 내가 급전이 필요하다고 말했었지?"

"그래. 액수가 크던데 해결은 했니?"

"오빠가 다 갚아줬어."

선배가? 유미는 어려워해야 할 말을 쉽게도 내뱉었다. 그러니까 유미가 싸 놓은 똥을 이번에는 선배가 치운 셈이다. 유미는 낭비벽이 늘 문제였다. 고급제품만 보면 물불을 못 가려서 수입이 지출을 따라가지 못하고 있었다. 뒷바라지할 남편도 키워낼 자식도 없는데 그녀는 늘 급전이 필요했다. 부모 형제도 해결해 주기 힘든 게 돈이야. 자식 키워봐라 여윳돈 있나. 나는 벼룩의 눈물만큼 빌려주면서 공허한 충고만 덧붙였다.

"미안해."

요구하는 금액만큼 빌려주지 못한 게 죄목이 될 수는 없을 텐데도 나는 죄인처럼 말했다. 그런 내 모습에도 불구하고 유미는 눈을 가늘게 뜨고 꼬나봤다. 그러거나 말거나 그들이 동네를 떠난다고 생각하니 나로서는 수족이 한꺼번에 떨어져 나가는 심정이었다. 나는 마른 입술을 오물거리며 한동안 음식만 삼켰다.

"허공에는 보름달이 떠 있었어. 커다란 저택 앞에서 간절히 대문을 두드리고 있는 꼬맹이인 나와 그 집 툇마루에 앉아 있는 또 다른 백발노인인 나를 보는데… 그 모습이 어찌나 처연하던지…."

선배가 오랫동안 반복해서 꾼 꿈이라며 나에게도 가끔씩 들려주던 이야기였다. 꼭 자신의 전생前生을 보는 느낌이라고도 말했다.

"전생에서 지은 죄가 있다면 이승에서는 모두 소멸시키고 싶어."

그는 꿈에 엄청 집착했다.

"유미를 보고 있으면 꼭 어릴 적 나를 보는 것 같아."

선배의 어머니는 그가 여섯 살 때 친인척에게 떠맡기고 재가해 버렸다. 그는 친척 집에 얹혀 살면서 늘 겉돌았다. 마당 귀퉁이에 쪼그리고 앉아 꼬챙이로 땅바닥을 파며 엄마 얼굴을 그리곤 했다.

그때 흙속에서 가끔 깨진 사금파리들이 발견되곤 하였는데, 그것들도 알고 보면 한때는 그 무엇의 일부였다가 떨어져 나온 것이었다. 그는 그것이 자신과 묘하게 닮았다고 생각했다. 그때부터 그것들에 마음이 사로잡혀 잊어졌거나 묻힌 것에 관심 갖게 되었다. 그래서 전공도 고고학考古學이었고, 지금까지 낡고 오래된 것에 파묻혀 있었다.

유미는 선배에 대해 얼마만큼 아는 걸까. 선배가 지금

껏 혼자 살게 된 이유도 알고 있을까. 선배는 매번 동거녀에게서 어머니의 이미지를 찾곤 했었다. 자기가 그려온 어머니상(像)이 함께 사는 여자에게서 발견되기를 바랐다. 선배의 그런 마음을 읽은 여자들은 모두 선배를 떠나버렸다. 그래서 그는 언제나 혼자로 되돌려졌다.

선배는 여자로 인해 신경성 위염을 앓았다. 그런 선배가 이번에는 유미라? 유미에겐 결코 그전 여자들처럼 대하지는 못할 것 같았다.

유미는 갑자기 뭔가 생각난 듯 아파트 쪽을 내려다보며 말했다.

"오빠! 저 둥근 지형을 솥뚜껑처럼 열어젖히고 싶지? 사실 나도 저 원형 아래가 늘 궁금했거든."

유미의 말에 그는 멋쩍게 웃었다.

그렇다면 혹시…? 유미도 어젯밤 선배의 행동을 지켜봤다는 뜻일까? 유미가 사는 5층 베란다에서도 충분히 그 광경을 목격할 수 있었을 것이다. 그러고 보니, 어젯밤 그 소동에도 선배는 누군가의 전화를 받고 차분해지던 게 생각났다. 그래! 어쩜 어젯밤 그 이상한 행동이 유미로 인해 잦아들었을지도 모를 일이었다.

*

　베란다에서 밤하늘을 올려다보고 있었다. 바닥에는 쩡쩡 얼음 갈라지는 소리가 들렸다. 도로 맞은편에는 비틀비틀 언덕을 내려오는 중년 남자가 보였다. 칼바람이 남자의 눈과 뺨을 쪼아대는지 얼굴을 손으로 가렸지만, 그는 틀림없는 선배였다. 선배는 비탈을 내려와서 아파트 입구로 들어섰다. 그리고 뭔가를 발견한 듯 입구 가장자리에 멈춰 섰다.

　그가 멈춰선 자리는 자동차의 진입구이고, 예전에 수심 깊던 배자못 중심이었다. 그가 땅바닥을 이리저리 살피는가 싶더니 품속에서 커다란 벽돌 하나를 꺼내 들었다. 그리고 힘껏 치켜들었다. 치켜든 벽돌을 사정없이 바닥으로 내리쳤다. 캉, 시멘트에 벽돌 떨어지는 소리가 고요한 밤공기를 날카롭게 뚫었다.

　"지금 뭐 하는 거요? 어유 술 냄새…."

　"뚜껑을 열어야 해요."

　그는 경비원과 실랑이를 벌였다.

　"뭡니까?"

　지나가던 주민이 두 사람을 말렸다.

"102호 주민인데 땅속에 이장하지 못한 부모가 있다나 봐요. 술만 먹으면 시멘트를 깨부순다고 저 난리니."

"그래요. 내 부모가 잠들어 있소."

"그래도 그렇지 사람이 다치면 어쩝니까?"

선배는 온갖 재료들이 들어있는 꽁꽁 언 냉동실 문을 열어젖히듯 시멘트를 열어젖힐 태세였다. 선배가 바닥을 향해 또다시 벽돌을 치켜들자 경비원과 주민이 그를 제압했다.

"그런 문제도 해결하는 곳이 있을 거 아니요. 그리로 가셔야지 우리가 매번 무슨 죄요."

그는 정말 땅을 열 수 있다고 여기는 걸까. 나는 3층 베란다에서 선배의 술주정을 지켜보다가 공연히 슬퍼졌다. 지나가던 몇몇 사람도 그 광경을 지켜보고는 선배를 돌았다고 여기는지 자신의 머리 위로 검지를 몇 바퀴 돌리면서 지나갔다.

퍽, 경비원들이 방심하는 사이 선배가 던진 돌에 무언가가 맞아 고꾸라지는 소리를 냈다. 내려다보던 나는 덜컥 겁이 났다. 얼른 현관문을 열고 바깥으로 나갔다. 차갑고 캄캄한 허공이 깨진 유리 조각처럼 내 얼굴 위로 와르르 쏟아졌다.

악악, 악을 쓰던 선배가 아파트 입구로 진입하던 자동차 유리판을 깨버린 듯했다. 그는 내부에 수십 년간 잠들어있던 것들이 일제히 깨어난 듯 두 눈을 희번덕거렸다. 알 수 없는 말을 해대며 끝없이 발악했다. 운전자는 휴대전화기를 꺼내 들고 날벼락 같은 상황을 경찰서에 신고했다.

나는 그만 그들 앞에 나서기가 두려워졌다. 아파트 담벼락에 몸을 기댄 채 그 광경을 지켜만 보았다. 그 상황에도 선배는 주머니에서 휴대전화기를 꺼내들었고 한 통의 전화를 받았다. 짧은 통화를 마친 그가 무슨 일인지 조금씩 차분해지고 있었다. 그러고는 언제 그랬냐는 듯 경비원과 운전자에게 사과했다. 하지만, 이미 경찰차가 들이닥쳤고, 선배는 경찰차 안으로 끌리듯 들어갔다.

한동안 만나지 못했던 선배의 행동을 지켜본 나는 마음이 뒤숭숭했다. 아직도 상처에서 벗어나지 못한 선배가 안타까웠다.

"꼭 떠나야만 하니?"

나는 유미에게 물었다.

"언니도 알 거 아냐! 얼마나 떠나고 싶어 하는가를, 그러고 보면 언닌 참 독해."

"유난 떨지 마."

"오빠! 들었지? 언니는 우리랑 다르다니까."

유미의 비난을 흘려들으며 나는 자꾸만 돌아가신 엄마를 떠올렸다. 울적해진 나는 엄마의 넋두리를 되뇌었다.

밭고랑에 독사가 똬리를 틀고 있었단다. 네 아버지는 그 뱀을 작대기에 걸쳐서 멀리 내던졌대. 그런데 글쎄 그 뱀이 날아갔을 못가에는 만삭의 앞집 새댁이 빨래를 하고 있었다지 뭐냐. 혼비백산 집으로 돌아온 네 아버지는 앞집에 그 사실을 알리고는 방으로 들어가 스르르 눕더구나. 동네 사람들이 우르르 새댁을 찾아갔어. 그런데 새댁은 희한하게도 멀쩡하게 빨래를 하고 있더래. 오히려 사람들이 왜 요란법석을 떨어대는지 의아해하더라는 거야. 네 아버지는 제바람에 놀란 거였어. 그 일로 자리에 누운 뒤 시름시름 앓고 있기에. 놀란 사람에게 침을 맞히지 말라는 말이 있었지만, 사람이 다 죽게 생겼으니까. 급한 마음에 침쟁이를 데려와서 침을 맞혔어. 침이 화근이었는지 삼 일 만에 눈을 감더구나.

어머니는 아버지 이야기를 마치면 늘 눈물을 찔끔거렸다. 나는 사람도 크게 놀라면 죽을 수 있다는 말이 놀라웠다. 아버지가 돌아가시고 몇 달 뒤에 태어난 나를 동네 사람들은 유복녀라 불렀다. 아버지를 잡아먹고 태어났으니 당연히 천덕꾸러기였다. 나는 어렸지만, 얼굴을 빳빳하게 쳐들고 다니는 행동 따윈 하지 않았다. 치켜든 뱀 대가리를 수없이 봐왔기에 그 꼿꼿함이 얼마나 소름 끼치는지를 잘 알고 있었다.

심성이 착한 사람이었다. 어머니는 아버지를 늘 그렇게 평가했다. 착해서 뭐? 적어도 아버지라면 새댁의 뱃속과 엄마의 뱃속을 동시에 살폈어야지. 나는 이미 녹슬고 무뎌진 이야기에 따지고 대들었다.

먼지 쌓인 둥근 손거울을 들여다보는 어머니의 얼굴은 늘 퍼석했다. 피붙이가 없는 너는 남편과 아이를 붙들고 살아야 해. 가슴에 슬픔을 품으면 몸이 병들어. 엄마의 신신당부가 아니라 해도 못이 내 과거를 깊이 품어버렸으므로 나도 당연히 잊어야 하는 줄 알았다. 무엇보다도 현실이 더 절박했으니까.

떠난다는 말이 꼭 협박처럼 들리는 나에게 선배와 유미 또한 지나가는 것일까. 못이 지나가고 고무 땅이 지나가고 아파트가 생겨났듯… 지나가면 또 덮이는 걸까. 취기가 오른 나는 마치 내가 태어나기 이전의 세상에 앉아있기라도 하는 듯 단 한 번도 뵌 적 없는 아버지와 어머니를 찾으며 두리번거렸다.

"흥, 전설傳說이야, 전설. 전설들이 까불고 있어. 이모! 한 병 더."

유미는 소주병을 치켜들며 소리쳤다.

"이제 그만 마시자."

선배가 횡설수설하는 유미의 어깨를 토닥이며 말렸다.

"왜 죽으려고 했는지 알아? 그 여자 만나려고, 그 여자 만나서 그 여자 잡아먹고, 그 여자를 다시 낳아서, 그 여자를 길바닥에 내버리고 싶었거든."

유미는 밑도 끝도 없는 오래전 유래된 듯한 노래를 구성지게 부르기 시작했다.

"엄만 죽어 개구리 되고 나는 죽어 배암되어 오월이란 단옷날에 마니리깡에서 만나보세."

유미는 분홍 울 셔츠에 뚝뚝 눈물을 떨어뜨리며 낮은 목소리로 노래를 부른 뒤 게슴츠레한 눈으로 나를 쏘아봤다.

"언니 발목 수술했다고? 암튼 강철이야, 강철. 강철이 어쩌다가 발목을 다쳤을까."

"선배 때문이지."

"나? 그럴 리가."

선배는 눈을 휘둥그렇게 뜨고 나를 쳐다보았다. 그러곤 곧 생각에 잠겼다. 그 모습에 유미의 표정이 일그러졌다.

"언니! 오빠 발목 잡으려는 거 아니지?"

"아니야!"

나는 버럭 소리를 질렀다. 선배는 유미의 입을 손가락으로 막으며 내게 물었다.

"혹시 우리 처음 만난 날 다친 발목이야?"

초등학교 두 해 선배인 그와 가깝게 지낸 지도 어느새 십 년이 흘러 있었다. 십 년 전 나는 저녁마다 금호강 강둑을 걸었다. 그날도 강둑을 한 바퀴 휘돌아 나오는데 강물 반대편을 바라보고 선 한 남자가 보였다. 잿빛 어둠을 걷어내던 달빛이 그 남자의 그림자를 서걱서걱 갈대에 비벼댔다.

남자는 흐느끼고 있었다. 놀란 나는 갈대 뒤로 몸을 숨겼다. 누구지? 남자는 목울대까지 차오른 울분을 토해내듯 꺼이꺼이 울었다. 남자의 모습이 물 위에 떠 있는 얼음덩어리처럼 위태로웠다. 나는 이 생경하고 낯선 광경이 두려웠다. 남자에게 들키지 않으려고 살금살금 강둑을 빠져나오는데? 갑자기 남자가 첨벙첨벙 물속으로 들어가는 게 아닌가!

겁에 질려 몸이 부들부들 떨렸다. 발걸음조차 제대로 뗄 수 없었다. 엉금엉금 기듯이 강둑을 빠져나온 나는 "사람이 죽으려고 해요!" 하고 소리쳤다. 다급한 내 목소리에 몇몇 사람들이 집 밖으로 나왔다. 집 밖으로 나온 사람들이 남자를 발견하고 급히 물속으로 뛰어들었다. 옥신각신 실랑이 끝에 마을 남자들이 그 남자를 질질 끌고 물 밖으로 나왔다.

나는 모여든 몇몇 사람과 그 광경을 지켜보다가 집으로 돌아왔다. 그 일이 있고 난 얼마 뒤 남자는 자신의 위험한 행동을 이웃에 알린 사람이 나라는 걸 어떻게 알아냈는지 집으로 찾아왔다.

"인사는 하고 싶었어요."

"괜찮아요. 괜찮아요."

나는 찾아온 남자가 무서웠다. 남자를 피해 집 밖으로 나갔다. 남자와 멀어지기 위해 무작정 걸었다. 그러다가 이젠 갔겠지 하고 뒤돌아보는데 남자와 눈이 마주쳤다. 너무 놀라 더 빨리 뛰려다가 그만 발목을 삐끗하며 나자 빠졌다.

"가까이 오지 마세요."

"나야. 나 기억하니?"

남자의 말에 얼굴을 자세히 살피는데, 어디선가 많이 본 얼굴이었다. 아! 그는 초등학교 두 해 선배인 영호였다. 영호 선배라면 대학 졸업 후 서울로 올라갔다고 들었는데… 언제 다시 마을로 돌아온 걸까. 못 본 세월만큼 그는 많이 변해 있었다. 초라한 행색에 다리까지 절룩거렸다. 그를 알아보기란 그 누구도 쉽지 않을 듯했다. 나는 시커멓게 부어오른 발목을 바짓가랑이로 가리며 겨우겨우 집으로 돌아왔다.

선배가 갑자기 내 발목을 잡아당겼다. 그러고는 수술 자국을 이리저리 살폈다. 그러자 유미가 짜증 섞인 목소리로 말했다.

"이젠 다 나았을 거야."

유미는 발목 얘기를 꺼낸 걸 후회하는 눈치였다. 유미는 얼른 화제를 돌리기 위해 주위를 살폈다. 그리고 드디어 찾았다는 듯 창밖을 바라보며 소리쳤다.

"오빠! 저기 봐봐, 함박눈이야."

유미가 가리키는 창밖엔 커다란 눈송이가 허공을 빼곡히 메우고 있었다. 마치 물뱀, 붕어, 쏘가리, 모기 떼가 바닥 깊숙이 웅크리고 있다가 갑자기 시멘트 위로 튀어 오른 것 같았다. 그것들은 허공에서 이리저리 휩쓸리고 있었다.

못이 모든 풍경과 죽음과 집들을 꿀꺽 삼키고 입을 다물어 버렸다 하더라도 이곳에서 자생하던 습지식물은 입을 다물지 않았다. 저 함박눈처럼 해마다 나타나서 기억을 상기시켰다. 모든 게 다 덮어지지는 않는다 하더라도 우리의 내면에도 차곡차곡 새로운 것들로 빼곡해졌다는 것, 썩지 않는 상처가 끊임없이 추적해 온다고 해도 신神은 우리에게 고요하게 가라앉히는 마법의 가슴을 주셨다는 것, 그러니 어떻게 살아가느냐는 문제는 전적으로 개인의 몫이라고 생각했다.

취기 때문인지 자꾸만 졸음이 쏟아졌다. 그들 앞에서 나는 꾸벅꾸벅 졸다가 깨어나기를 반복했다. 어느새 선배와 유미는 보이지 않았다. 내가 깔고 앉은 둥근 방석이 다른 세상을 열어놓아 어지러웠다. 제자리를 벗어나지 못하는 잡풀이 구석진 자리에 떠서 자꾸만 헛구역질을 했다.

갑자기 방석이 소용돌이쳤다. 화장실을 들락거리던 나

는 알 수 없는 어딘가로 빨려들고 있었다. 핏발 선 눈을 껌뻑거리며 발버둥을 쳤다. 기진맥진한 옆구리에서는 비늘 몇 개가 떨어졌다. 저 멀리서 지느러미를 흔들며 미궁을 빠져나가는 선배와 유미가 보였다. 이곳에 가라앉은 것들은 뭐였지? 아버지와 어머니? 선배와 유미? 나는 사라지는 것들의 머리채를 휘감았다. 머리카락이 감긴 손가락에서 통증이 느껴졌다.

"언니! 나랑 화장실 가자."

화들짝 놀란 방석은 마치 아무 일도 일어나지 않았다는 듯 스르르 미궁의 문을 닫았다.

"언니, 자는 거야?"

유미가 손목을 잡아끌었다. 유미에게 이끌려 일어서려는데 발목이 뻐근했다. 엉덩이를 내밀고 화장실을 찾아 뒤뚱뒤뚱 식당 아래로 내려갔다.

"계단 조심해."

층층의 어둠을 밟으며 내려가는 곳엔 화장실이 아니라 어쩌면 닥지닥지 지붕을 덧댄 우리의 고향마을이 나타날 것만 같았다. 절름거리는 내 오른발은 물풀의 마디처럼 허약했다. 발을 내디딜 때마다 발목에서는 불규칙한 어머니의 심장 소리가 들렸다.

"아얏!"

내가 부축했음에도 불구하고 유미는 미끄러졌다.

"뭐야, 나 떠밀었어?"

나는 휴대전화기의 플래시로 바닥을 살폈다. 나무계단 사이로 삐죽이 돋은 마른 풀포기에 유미의 신발이 포개져 있었다.

"신발이 풀포기에 걸렸어."

몇 번이나 확인시켜 주었지만, 유미는 나를 노려보았다.

"돈만 빌려줬어도 나 떠나지 않아."

유미가 내뱉는 씁쓰름한 말을 되뇌며 화장실을 다녀오자 선배가 자리에서 부스스 일어났다.

"그만 나가지."

그는 휘청휘청 계산대로 걸어 나갔다. 식당 밖으로 나가면서 우리는 서로의 몸을 의지했다. 어깨동무를 한 채 나란히 걸었다. 우리 모두는 공교롭게도 허약하기 짝이 없는 발목들이었다. 비슷한 상처의 고향까마귀가 어깨동무로 펼친 커다란 날갯죽지는 땅바닥에 이리저리 쓸렸다. 훨훨 날고 있는 세상을 따라가기에는 턱없이 불안정한 모습이었다.

*

 마을의 형태는 기어가는 뱀처럼 구불구불했다. 마을 꼭대기로 올라가면 연못이 있다는 것을 알려주는 작은 팻말이 보였다. 못이 있는 곳이라면 어디든 머무르고 싶다던 그녀의 글을 떠올렸다. 타고 온 자동차는 연못가에 세웠다. 그녀의 말대로라면 뱀은 자신의 눈동자 부위에 지어진 오두막집 한 채를 꿀꺽 삼킨 이력을 지녔다.

 먼저 연못부터 살폈다. 연못은 생각과는 달리 소박한 노인의 모습이었다. 추운 겨울이라 그런지, 외진 연못가에는 사람의 발길이 뚝 끊어져 있었다. 나는 타고 온 자동차 옆에 텐트를 치기 시작했다.

 그 누구도 지나다니지 않아 사람의 눈에 띄거나 관심받지 않았다. 오히려 그 편이 더 홀가분했다. 앙상하게 우겨진 잡풀 사이에 쳐놓은 텐트는 설령 사람이 지나다닌다 해도 그들의 눈에 띌락 말락 했다. 무언지 모를 은밀함이 느껴졌다.

 겁쟁이인 내가 낯선 연못가에서 텐트를 치고 홀로 하룻밤을 지낸다고 생각하니 믿어지지 않았다. 으스스 공포감이 몰려왔지만, 단단히 마음먹고 행하는 일이라 쉽게 포기할 수는 없었다. 텐트가 있고 자동차까지 있으니 그래도 견딜 만은 하지 않느냐고 스스로를 다독였다. 폴대가 쓰러지지 않도록 팩을 여러 군데 더 박았다. 곳곳에 스트링을 당겨놓았다. 이만하면 원하는 시간까지는 든든하게 견뎌줄 것이다.

연못가를 이리저리 둘러보았다. '이곳이 우리의 전생 마을이라고 했니?' 그렇다면 어딘가에 익숙함이 묻어날 수도 있을 것이다. 연못가에는 유달리 봄꽃이 눈에 띄었다. 이 추운 겨울에 봄꽃이라니…. 철모르고 피어있는 영산홍, 개나리, 민들레, 종류도 가지가지였다. 연약한 꽃의 양 싸대기를 칼바람이 사정없이 갈겨댔다. 칼바람의 잔인한 행동을 휴대전화기로 몇 컷 찍었다.

문득 그녀와 그녀의 오빠, 그리고 여동생의 얼굴이 꽃과 묘하게 겹쳐졌다. '모진 겨울을 견뎌내야 하는 건 어쩜 분간 없이 피어난 너희의 잘못이 아니라 네 아버지의 폭력이 너희를 잘못 피우게 만들었던 거야.' 나는 하느님의 어투로 꽃에게 속삭였다.

그녀는 어디에 있는 걸까. 연못가 구석구석을 살펴보았지만, 이곳 어디에도 그녀의 모습은 보이지 않았다. 이곳이 아니어도 그녀는 지금쯤 어느 노상에 몸을 오그리고 누워 안락한 온기는 시듦병이 든다며 추위를 견디고 있을 게 틀림없다.

*

우연히 그녀의 블로그에 접속하게 되었다. 캠핑족들 사이에는 상당히 유명한 블로그였다. 카테고리에 연재 중인 그녀의 글을 읽고 또 읽었다. 아무리 읽어봐도 당황스럽기는 마찬가지였다. 그녀가 써 놓은 글의 내용에는 나를 버리고 떠났던 선배와 유미의 이야기로 빼곡했기 때문이다.

그들은 탈출하듯 마을을 떠났었다. 그래서 잘 살 줄 알았는데… 새로 정착한 마을에서마저 그들은 무언가에 단단히 발목이 잡혀있었다. 배자못 마을보다 더 견디기 혹독해 보였다. 열두 살의 나이 차이를 극복하면서까지 연인으로 발전했던 그들이었다.

그녀는 지긋지긋한 마을을 벗어나는 데에만 급급한 나머지 자신들의 부조화는 미처 깨닫지 못했다고 고백했다. 아무리 살을 비비고 살아봐도 부부이기는커녕 자꾸만 떼

원수의 부녀지간 같았다며 치를 떨었다. 선배는 유미의 낭비벽과 잦은 가출을 힘들어했고, 유미는 선배를 고리타분한 구두쇠라고 비난했다.

어느 날 유미는 도로변에 붙은 현수막을 발견했다. '당신의 전생을 찾아드립니다.' 라는 광고였다. 현수막 광고를 내건 곳은 도심의 어느 사찰이었다. 선배와 유미는 망설임 없이 전생으로 안내한다는 스님을 찾아갔다. 스님은 그들에게 최면을 걸어 전생을 보도록 유도했다.

선배와 유미는 인위적으로 조작하는 게 아닐까 의심했지만, 답답하면 지푸라기라도 잡는다는 심정으로 최면에 임했다. 신뢰하지 않았으니 쉽게 최면에 빠져들지는 못했다. 며칠을 반복해서 시도한 끝에 결국 그들은 최면에 들었고, 예상대로 전생의 부녀지간임을 단번에 느낄 수 있었다고 했다. 생시처럼 선명하게 아버지와 딸로 연결되었기 때문이었다.

그들은 서로를 원망하며 서서히 지쳐가던 중이어서 타협점을 찾아내는 계기가 되었다고 했다. 그들은 전생을 인정했고, 서로의 업장 닦기에 자유로워지자는 합의를 보았다. 그들은 가끔씩 나를 들먹이기도 했다. 그들의 전생에 나도 무관하지 않다는 주장이었다. 그녀가 써놓은 글을 수없이 읽어서일까. 읽은 횟수만큼 나 또한 그들이 거는 최면 속으로 스르르 빠져들고 있었다.

*

그날도 어김없이 남자는 술을 마시고 여자와 아이들에게 주먹을 휘둘렀다. 그것만으로는 성이 차지 않았는지 남자는 가족 모두를 죽여 버리겠다고 칼을 찾고 있었다. 일곱 살 여자아이는 젖먹이 동생을 포대기에 싸안고 집을 뛰쳐나갔다.

나와 봤자 숨을 곳이라고는 집 앞 연못가가 전부였다. 온몸에 피멍이 든 아이는 젖먹이 동생을 안고 풀숲에서 소리 죽여 울었다. 아프면 아프다고 찍찍~ 소리라도 내지르는 생쥐만도 못하다고 생각했다. 풀숲에 숨은 아이는 고개를 쭈뼛거리며 길목을 살폈다. 혹시라도 여자가 퉁퉁 불은 젖통을 움켜쥐고 젖먹이를 찾아 나오지 않을까 해서였다.

제발 그렇게 찾아와주기만을 간절히 바랐지만, 여자는 끝내 나타나지 않았다. 그 전쟁터 같은 상황에 젖먹이를 찾을 정신이 남아 있을 리가 만무했다. 아이는 남자로 인해 인간다움이라곤 진작에 말라버린 집구석이라고 생각했다. 그런 집에서 태어났으니 인생 발화점부터 픽픽 불 꺼지는 소리가 나는 건 당연했다.

아이는 생각했다. 제아무리 진눈깨비가 얹힌 젖은 장작이라 할지라도 언젠가는 활활 타오를 때가 있을 거라고, 젖먹이를 토닥거리며 몇 번이고 생각을 되뇌었다. 젖먹이 동생을 봐서라도 하루하루를 잘 이겨내고 싶었다.

아이는 등을 기대고 앉은 바위 밑을 살폈다. 바람막이로는 바위가 든든했지만, 바위 밑이 연못의 숨골이라는 걸 기억해야만 했다. 숨골은 한겨울에도 얼음이 얼지 않았다. 얼지 않은 말간 물이 아이를 쳐다보고 있었지만, 아이는 자신도 모르게 깜빡 졸았다.

잠깐 졸고 있는 사이에 젖먹이가 말간 얼굴로 위장한 흉측한 파충류의 아가리 속으로 뿔뿔 기어들고 있었다. 아이가 비명을 질렀지만, 젖먹이는 순식간에 뱀의 혓바닥에 널름 말려들고 말았다. 아이는 다짜고짜 뱀의 아가리 속으로 함께 뛰어들었다.

"아가야 안 돼. 죽으면 안 돼."

젖먹이를 살리기 위해서라면 숨 따위는 쉬지 않을 수

있었다. 아이는 손으로 바위를 잡은 채 머리를 숙여 물밑을 살폈다. 젖먹이의 머리가 아이의 발밑에 있었다. 밖에서는 작게 보이던 소용돌이가 안에서는 거대한 회오리였다. 젖먹이의 머리가 아이의 손끝에 닿을 듯 말 듯했다.

아이는 젖먹이의 머리카락을 기어코 자신의 손가락에 탱탱 감았다. 그러고는 사력을 다해 물 밖으로 끌어올리는데? 무슨 일인지 젖먹이가 바위 밑 수초를 붙잡고 나오지 않으려는 듯 버티고 있었다.

그때였다. 남자가 못가를 두리번거리고 있었다. 아이는 무서움도 잊은 채 "아버지! 아버지!" 외쳤다. 아이의 절박한 부르짖음에도 힐끗 한 번 쳐다볼 뿐 남자는 마치 아무것도 보지 못했다는 듯 시선을 거둬갔다.

"살려주세요, 아버지~이."

아이는 젖먹이를 물 밖으로 끌어올렸다고 여기는 순간, 정신을 잃고 말았다. 얼마의 시간이 그렇게 흘렀던 걸까. 몸이 부들부들 떨리면서 깨어난 아이는 젖먹이부터 찾았다. 다행히 젖먹이는 아이의 손가락에 여전히 머리카락이 감긴 채 늘어져 있었다. 죽은 걸까? 덜컥 겁이 난 아이는 머리카락을 풀어내고 젖먹이를 껴안았다.

아이는 마른 풀잎을 둥지처럼 틀고 앉아 젖먹이와 체온

을 나누며 집을 향해 소리 죽여 울었다. 연못은 금방이라도 다시 집어삼키겠다는 의지의 헛바닥을 널름거렸다. 엄마! 엄마~아, 아이는 낮은 목소리로 여자를 불렀다.

김도식 씨(29)가 노상에서 숨진 채 발견되었다. 10일 경찰은 '지난 8일 오전 5시 20분께 대구 동구에 있는 유원지의 물가에서 중상을 입고 쓰러져 있는 김 씨를 청소요원 A 씨가 발견, 119에 신고했다'고 밝혔다. 김 씨는 신고를 받고 출동한 소방대원들에 의해 곧장 인근 병원으로 옮겨졌지만, 이미 숨진 뒤였다. 김 씨의 옆에는 몽둥이와 돌멩이가 떨어져 있었다고 전했다. 무작정 도시로 올라온 김 씨는 취업 문제로 고민이 많았던 것으로 전해진다. 경찰은 폐쇄회로(CCTV)에 김 씨가 혼자 쓰레기통을 뒤지는 모습이 찍혔고, 주변 불량배들에게 맞아 숨진 것으로 보고 정확한 사고 경위를 조사하는 중이다. 노숙하며 모질고 모질었던 길 위의 삶을 마감한 김 씨의 억울함을 풀어주기 위해 경찰은 범인을 꼭 잡아야 한다고 목격자를 찾는 현수막을 내걸어 수사에 나섰지만, 아직까지 뚜렷한 단서는 나오지 않고 있다. 인근 방범 폐쇄회로(CCTV)도 사건 현장과 다른 방향으로 설치돼 있었기 때문이다.

유미는 남편을 졸라 케케묵은 신문 한 장을 기어코 구해냈다고 했다. 혹시나 했는데… 유미 오빠의 사연이 실제로 존재하고 있었다. 유미는 거울을 들여다보았다. 아무리 곱게 가꾼 얼굴이라 해도 전생의 흔적이 고스란히 묻어있었다. 거울 속 얼굴은 언제부턴가 비틀리다 못해 파삭한 나뭇잎 같았다. 이리저리 굴러다니느라 위태로워질 대로 위태로워진 표정이었다.

내 꿈은 뭐였을까? 그저 마을을 벗어나는 것이었을까. 아니면 억겁의 굴레를 벗어나는 것이었을까. 그것도 아니면 오래 살고 싶은 거였을까…. 아시나요. 내 몸에 꼭꼭 새겨져 있을 당신의 유전자가 몸 구석구석을 송충이처럼 기어 다니고 있다는 것을….

"제발 그만해. 노상에서 죽고 싶어?"

남편의 볼멘소리도 이젠 지긋지긋했다.

"너는 미쳐서 산기슭에서 잠을 청하지만, 나는 너 때문에 산짐승처럼 산다고!"

하소연하는 남편을 향해 나는 뱀처럼 고개를 치켜들었다. 차갑게 눈알을 굴리며 그를 노려보았다. 그도 지지 않고 나를 향해 고함을 질렀다.

"문화재를 밀거래했다는 의혹을 받아 법원을 들락거렸던 일도 다 너 때문이야. 늘 쪼들렸으니 사고를 치고도 남을 사람이라며 뒤집어씌우기에 바쁘더라고, 휴."

고함을 치던 그가 길게 한숨을 내쉬었다. 나는 잔뜩 독이 올라 그를 물어뜯을 듯이 다가갔다. 그제야 그는 졌다는 듯이 슬그머니 치맛자락에 얼마의 돈을 내던졌다. 그는 절레절레 고개를 내저었다. 혼자 살 때가 좋았다는 표정이 역력했다.

푼돈을 뜯어낸 나는 옆방으로 건너갔다. 방 안은 온통 최고급 캠핑 장비들로 빼곡했다. 처음엔 장비에만 집착했다. 남들에게 뒤지기 싫어서 개폼을 잡은 것이었지만, 이것저것 사들이다 보니 결과적으로는 낭비더미가 되고 말았다.

"멀쩡한 집과 장비들을 놔두고 뭣 땜에 노숙자냐고?"

남편은 성이 차지 않았는지 또다시 옆방으로 건너와 나를 들들 볶았다. 그는 내 손목을 붙잡았다. 나는 사납게 뿌리쳤다.

유치하게도 그는 지난달 카드 명세서를 디밀었다.

"입지도 않을 옷과 가방은 뭣 하러 사들였지?"

"이젠 더러워서 안 산다고요."

골동품 쪽으로는 꽤 규모도 있고, 수입도 그럭저럭 좋았지만, 그는 천 년을 살 사람처럼 아끼고 아꼈다. 나이 들수록 소비도 하고 비싼 옷도 입어보라고 권했지만, 콧방귀만 뀌었다. 어쩌다가 내가 사온 옷에도 눈길조차 주지 않았다.

남편은 물건을 모르면 돈을 많이 주라는 말을 가장 싫어했다. 화려한 옷이 잘 어울리는 나에게 그 어떤 립 서비스의 말도 내뱉은 적이 없었다.

"사람들이 손가락질한다니까…."

겨우 던지는 말이라고는 소심하고 좀생이에 불과했다. 젊고 어여쁜 여자와 사는 남편을 부러워하며 마을 남자들이 내 뒤를 졸졸 따라다녔는데도 그는 무심할 뿐이었다. 나이 든 남자와 산다는 건 든든함이 아니라 구질구질함이었다. 그동안 내가 뼈저리게 이루어낸 것들이 한꺼번에 와르르 무너져 내렸다.

사는 게 점점 고리타분해져 갈 무렵이었다. 우연히 마을의 연못가로 올라갔다. 연못가를 둘러본 나는 곧바로 그곳에 홀려버렸다. 처음 대하는 못이었지만, 언젠가 와본 듯한 느낌이었다. 발을 내딛는 곳곳마다 익숙하고 친숙했다.

못가에 널브러져 있는 폐가에서는 누군가가 나를 불러들이는 것 같았다. 폐가라면 무서워서 얼씬도 안 하던 내가 마치 오랜만에 돌아온 친정집처럼 들락거리는데 스스럼이 없었다. 여기저기 나뒹구는 막사발과 옹기에도 내 손때가 묻어있는 것 같았다. 엄마…! 나는 이 흉흉한 폐가에서 어처구니없게도 엄마를 찾고 있었다.

그날부터 틈만 나면 폐가를 찾았다. 마을사람들은 예쁜 여자가 흉가를 좋아한다고 쑥덕거렸다. 평판이 좋았던 우리 부부는 점차 사람들의 경계 대상이 되어갔다. 남편은 힘들어했고, 나는 그러거나 말거나 마음 쓰지 않았다. 폐가에 누워있으면 어디선가 아이들의 울음소리와 여자의 악쓰는 소리, 남자의 폭언이 환청처럼 들렸다. 화려하던 나는 점점 걸인이 되어갔다.

결국 마을 사람들에 이어 남편까지 나를 미친 여자 취급했다. 그리고 나를 위한 자신의 여력이 다 소진되었다며 두 손을 바짝 들었다. 나는 고독했다. 홀로 연못가에 누워 밀려오는 공포를 한 상 차려놓고 정체 모를 내부의 시장기를 달래곤 했다. 상처로 변질된 나의 동공은 흐려질 대로 흐려져 있었다.

자식이 부모를 선택해서 태어날 수 없듯이 부모 역시 자식을 선택해서 가질 수 없는, 이 못마땅한 구조를 뒤집을 이는 이 세상 어디에도 존재하지 않았다. 자유롭지 않은 규정들이 연못 곳곳에 널려있었다.

나는 언제부턴가 전생과 현생을 한 컷으로 압축했다. 압축된 프레임 안에서 철 잊은 꽃으로 피어 꽃봉오리 하나를 보듬고 있었다. 비록 사랑은 잃었지만, 물가에 핀 꽃들은 어여뻤다. 언제부턴가 노상에서도 달콤하게 잠 청하는 법을 터득한 나는 점점 물기 말라가는 부레옥잠을 닮아가고 있었다.

남편이 몇 번이나 나를 데리러 왔지만, 나는 당장 꺼지라고 소리쳤다. 나를 바라보는 남편의 표정이 나날이 어두워졌다. 스티로폼을 깔고 비닐 조각을 뒤집어썼다. 지나가는 그 누구도 너 유미 아니니? 알아봐 주지 않았다. 제아무리 상처에 절은 여자라 할지라도 왜 이런 몰골이 부끄럽지 않을까마는, 그보다 더 참을 수 없는 건 지나가는 사람들의 값싼 시선이었다.

며칠을 이러고 지냈던 걸까. 오늘은 무슨 요일이지? 하며 두리번거리는데 어디선가 동생 냄새가 코끝을 간질였다. 나는 다급하게 주위를 살폈다. 희미한 향기의 민들레였다. 나는 민들레에게 다가갔다. 하필이면 왜 이런 곳이니? 소변 냄새, 시체 냄새가 질펀했다. 민들레 곁에는 한 남자가 우리를 곁눈질하고 있었다.

남자는 죽어가는 나뭇잎 냄새로 스륵스륵 다가왔다. 나

는 얼른 민들레를 등 뒤로 숨겼다. 보아하니 남자는 불량배는 아닌 듯했다. 돈을 달라고 칼을 들이밀거나, 자기 물건을 꺼내 보이지는 않았다. 남자는 피식피식 웃으며 말을 걸었다.

"꼭 땅에 박힌 커다란 호박 보석 같아요. 아주머니! 인생은 원래가 빙판길이에요. 위대한 모험가도 지나가는 길목에서 어느 날 쪼그라들듯이, 수많은 사람들이 길 위에서 넘어지는 거라고요, 자! 주위를 둘러보세요, 다들 그걸 아니까 악취 때문에 속이 울렁거려도 웃고 있잖아요? 당신이나 나도 쪼그라들 줄 알면서도 맨바닥에 피어있는 거고요."

땀에 절어 악취뿐인 남자의 말에 눈시울이 시큰했다. 남자는 생각이 많아보였다. 이 생각 저 생각이 덧대어져 있는 남자의 머릿속이 길가의 보도블록 같았다. '언니!' 민들레는 눈물을 뚝뚝 떨구었다. '아직도 흘릴 눈물이 남아있니?' 나는 민들레의 손을 잡고 조용히 잠을 청했다.

바람 소리가 사납게 머리맡을 끌고 다녔다. 흉측하던 어둠이 점차 희뿌예지고 있었다. 나는 몸을 일으켰다. '악!' 무릎이 겹쳐지더니 삐걱 소리가 났다. 나는 다시 주저앉아 무릎을 주물렀다. 민들레도 무릎을 주물렀다. 나는 민들레에게 엷은 미소를 지어보였다.

그러고 보니 우리는 서로에게 의탁해서 일어서던 무릎이었다는 걸 잊고 있었다. 동생은 나에게, 나는 동생에게 서로의 뼈가 되어 하중을 견디던 골조였다. 그런 동생이 난데없이 익사해 버렸으니….

돌이켜 보지만, 동생의 죽음에 슬픈 감정이라곤 손톱만큼도 일어나지 않았다. 동생은 이미 아기였을 때 죽은 목숨이었다. 단명할 운명은 나라님도 어찌할 수가 없었다. 그럼 나는? 노숙하다가 길바닥에서 얼어 죽은 여자? 나는 고개를 내저었다.

— 설마 실화는 아니죠?

— 여자 혼자 그런 곳에서 지낸다는 건 기절초풍할 일이에요.

— 소설 쓰기의 체험이겠죠? 수맥 흐르는 곳에서 찬바람 맞으면 입 돌아가요.

— 그곳에 저도 한자리하고 있어야 했는데… 다음에는 바비큐 요리를 준비할 테니 함께해요.

— 아무리 소설 쓰기 체험이라 해도 내공이 대단하시네요. 저는 엄두를 못 내니 방콕입니다. 자연과는 맞서지 말고 순응하며 살자는 주의거든요.

― 저도 순응주의자입니다. 다행히 눈이 내리지는 않았네요.

― 저도 님과 같은 류예요. 비박 무지 힘들잖아요. 이젠 과하게 살지 말자는 주의가 됐어요.

― 저는 빈둥대는 거 좋아해서 개선하고자 따라갔다가 식겁했어요. 바람은 또 얼마나 불던지. 당신은 역시 최고의 고수예요.

― 어떻게 견뎠을까. 저도 몇 주 전에 가출했다가 개고생했어요.

― 구력인지 천성인지는 모르지만, 여자가 할 짓은 못 되는 듯합니다.

― 추위를 견디는 것도 한계가 있더라고요. 난로 없이 가시면 후회해요. 잠은 침낭으로 견디지만, 활동할 때는 난방이 필요해요. 겨울엔 난로 필수! 앞으론 따뜻한 겨울 캠핑하세요.

― 무섭도록 한적한 저 블랙홀, 말려들기 싫어요.

― 저는 항상 몸이 편안한 모드로 설정합니다. 청송 진보라면 너무 산골짜기 아닌가요?

― 캠퍼들의 밤은 고기와 함께 익어가야 하는데… 밖에서 자고픈 저 욕망을 누가 막을까요. 어디 캠핑장 하나 정해

서 1년 치 계약하시어 편히 즐기세요.

— 고마워요. 님들! 시들시들해지는 시듦병을 고치려면 어쩔 수가 없네요. 파삭한 얼굴에 만년설이라도 뒤집어써야만 다시 싱싱해지거든요. 오늘도 휴대전화의 ON을 OFF로 돌렸어요. 다시 ON으로 켜질 때까지는 안락한 공간은 지워야 하죠. 별 하나가 사선을 그으며 무방비의 가슴에 사정없이 꽂혔어요. 몸이 앞으로 훅 쏠렸지만, 가슴을 움켜쥐고 별을 헤아렸죠. 엄마, 오빠, 동생… 겉보기와는 달리 안이 일찌감치 썩어버린 저 애틋한 보석들이 먼 허공에서 반짝이네요.

— 잠이 안 와서 바깥에 나갔다가 저도 별똥별 봤어요. 소원을 빌면 이루어진다더니 개뿔요.

— 정성이 부족하지 않았을까요? 제가 사는 동네에는 별이 보이지 않네요. 품은 별 찾아 우리 우주로 가볼까요?

— 저는 어릴 때부터 사격 선수였어요, 자기가 잘하는 게 생기면 그쪽으로 기울게 되더라고요. 별을 추구했어요. 너무 높이 뜬 별은 떨어뜨리기 쉽지 않았어요. 그래서 낮게 떠 있는 별 하나를 쏘았죠. 정확히 맞췄어요. 지금의 제 남편이죠. 크크.

＊

　카테고리에는 유미의 전생과 현생이 뒤섞여 있었다. 유미가 전생의 내 소꿉친구였다는 게 믿어지지 않았다. 전생이든, 현생이든, 유미라면 노상路上은 끔찍한 곳이어야 했다. 선배와 유미의 최면에 걸린 나는 연못 곳곳에서 오래전 이야기를 하나씩 하나씩 건져 올리고 있었다. 나는 연못과 이어진 먼 골짜기를 바라보았다.

　유미가 제의했다.

　"산머루 따러 갈래?"

　나는 학교에서 돌아오자마자 가방을 방바닥에 내동댕이치고 윗마을로 올라갔다. 유미와 도식이, 네 살배기 여동생까지… 삼남매가 합류해 있었다. 우리는 큰골이라는 첩첩산골짜기로 들어가고 있었다. 길고 지루한 길을 걷던 도식이가 갑자기 길바닥에 벌렁 드러누웠다.

　"내 죽었다."

　"오빠 죽지 마! 죽지 마!"

　네 살배기가 도식이의 행동에 울음을 터트렸다. 장난이라고 하기에는 좀 잔인하다는 생각이 들었다. 도식이의 행동은 아마도 폭력에 자주 까무러치던 어머니를 흉내 낸

게 틀림없었다.

나는 다시 못 안을 둘러보았다. 탯줄이 달린 신생아가 물 위에 둥둥 떠 있던 곳이었다. 나는 그곳으로 천천히 다가갔다. 갓 태어난 아기는 온몸에 각종 오물을 뒤집어쓰고 벌레와 모기에게 뜯어 먹히고 있었다. 놀란 나는 곧장 집으로 달려왔다. 그리고 엄마를 향해 더듬더듬 말했다.

"모… 못에 아… 아기가…."

엄마는 내 말과 표정에 놀라 당장 나를 앞세웠다. 단걸음에 엄마와 나는 못가로 올라갔다. 마을 사람들도 못가에 모여들기 시작했다. 파출소에서 경찰이 나왔다. 경찰은 아기 엄마가 누구인가를 추궁했다. 가장 유력한 사람이 유미 엄마였다. 만삭이었던 배가 홀쭉해져 있었고, 낳은 아기가 집 안에 없었기 때문이다.

유미 부모님은 경찰서에 들락거렸다. 산골짜기 작은 마을의 사건이라 사건은 대충 마무리가 잘 되었지만, 그 일이 있고나서 유미 아버지의 폭력은 더욱더 심해졌다. 결국 매질에 달아나다 조산으로 태어나 보호받지 못했던 아기처럼 유미 엄마도 못 안으로 뛰어들고 말았다.

유미 아버지의 폭력은 이제 아이들에게 오롯이 향했다. 도식이가 먼저 가출을 했고, 며칠 지나 유미도 동생을 데리고 집을 나갔다. 홀로 남겨진 남자는 폭력을 행사할 가족이 없어서인지. 술에 취해 비틀거리다가 어느 날 못 안으로 실족사하고 말았다.

나는 유미에게 말을 건넸다. '고작 초등학교 1학년이었는데… 본 걸 못 봤다고 말할 수 있었겠니? 그 나이의 아이라면 당연히 그 광경을 엄마에게 말해야 하지 않았을까?' 나는 죄인 아닌 죄인이 되어 오랫동안 연못가에 서서 칼바람을 맞고 있었다. 칼바람에 도려지고 있는 건 살갗이 아니라 전생을 기억하는 하나하나의 세포였다.

이 보잘것없는 못의 위장이, 그토록 강력한 위산을 발휘했다는 게 믿어지지 않았다. 아차! 잘못 헛발을 내디뎠다간 무시무시한 위장 속으로 빨려들지도 모른다고 생각하니 두려웠다. 한 손으로 바위를 붙잡고, 다른 한 손으로는 동생의 머리카락을 휘감고 있었을 유미를 생각했다. 그녀는 엄청난 이 굴레를 언제쯤 온전하게 벗어날 수 있을까.

채 얼지 못한 뱀의 비늘이 잘게 일었다. 손을 뻗치자 비늘 몇 개가 손가락에 닿을 듯 말 듯했다. 유미와 보냈던 유년의 한때가 쟁하고 가늘게 얼음 갈라지는 소리를 냈다. 그 소리는 마치 이리로 들어와 하며 살살 꾀는 것 같왔다. 연못은 이렇게 사람들을 꾀어 삽시간에 집어삼켰을 것이다.

나는 숨구멍에서 몇 걸음 물러섰다. 그리고는 유미네 오두막집을 바라보았다. 폭군 아버지 밑에서 자라기에는 어린 남매의 집이 너무도 위태로운 장소였다. 못 안에서 뼈가 자란 부레옥잠이 잘디잘게 부서져 먼지로 날렸다.

나는 텐트 안으로 들어왔다. 에어매트를 깔았는데도 바닥에서는 냉기가 올라왔다. 삭신이 쑤셨다. 이불을 뒤집어쓰고 핫팩을 끌어안았다. 껍데기만 남은 식물의 시체들이 내가 움직일 때마다 버석거렸다. 나는 식어버린 핫팩을 내려놓고 오그라드는 두 손을 비볐다. 비비던 손바닥을 펴보았다. 운명이 이 손바닥 안에 다 정해져 있다는 게 맞는 걸까.

나는 그녀의 블로그를 드나들 때마다 냉동고에서 콜라로 만든 각 얼음을 꺼내 입 안에 넣곤 했다. 얼음을 혀로 굴리다 보면 몽롱한 최면에 들었다가 깨어났다를 반복했다. 코카콜라 원액에도 비밀이 들어있다고 했던가. 세상에서 단 두 사람만 알고 있다는 1%의 비밀 안에는 어떤 것들이 들어있을까. 중독성과 관련되어 있을까?

최면에 빠져든 나의 하룻밤은 입 안에서 부서지던 탄산

수 맛은 결코 아니었다. 텐트와 매트리스, 침낭까지 갖추었지만, 겨울 노상은 생각과는 달리 생지옥이었다. 침낭 하나만 달랑 들고 다닌다는 유미는 내가 내가 알던 그 유미가 아니었다. 유미에게 그런 숨은 깡다구가 있었다는 게 믿어지지 않았다.

아무것도 들고 다니지 않는다는 그녀는 맨몸뚱이를 지형지물에 기대어 하룻밤을 지새운다고 했다. 물결 위에 뜬 꽃이 좋았다는 그녀는 별무늬 박힌 요트에 누워 스스로를 물 건너로 떠미는 습관에 젖어 있었다. 그녀는 자신의 텐트나 바위틈, 풀숲을 소개할 때면 외로움과 잃어버린 사랑을 숨기기엔 이만한 공간도 드물다고 했다.

세찬 바람에 텐트가 들썩거렸다. 이곳에서는 휴대폰 신호도 잡히지 않았다. 모든 것이 통제되어 완전 원시인이었다. 한 끼의 밥으로는 빵과 커피를 마셨다. 밤이 깊었지만, 이런 곳에서 잠을 잔다는 건 불가능에 가까웠다. 온몸의 신경이 곤두섰다. 코끝과 볼에 부딪히는 차가운 촉감에도 귀신이 나타난 듯 정신이 번쩍 들었다.

공포에 떨던 눈망울도 어느 시점에서는 깜박 졸았다. 바람이 타프를 요란하게 흔들었다. 라운지도 훌렁 뒤집어져 있었다. 시계를 보니 새벽 4시였다. 보온병을 꺼냈다. 정신을 차리기 위해 따뜻한 커피를 마셨다.

이 시각, 도심의 나의 공간은 어떤 것들로 채워져 있을까. 가족들은 잠들어 있을까? 내 집이 있다는 게 지상에 천국을 둔 것 같았다. 집이 있고 가족이 있다는 게 얼마나 든든한 일인지 이제야 확실히 느낄 수 있었다. 희미하게 새벽이 오고 있었다. 주변이 밝아진다는 게 몹시 반가웠다.

또다시 못 안을 슬쩍 들여다보는데, 스륵스륵 마른풀이 흔들렸다. 뭐지? 실체를 알 수 없는 무언가가 두 눈을 부릅뜨고 나를 쳐다보고 있었다. '언니! 언니~이.' '누구… 누구니?' 나는 꽁꽁 얼어붙은 물 안을 정신없이 살폈다. '여기야.' 톡톡 내 어깨를 두드리며 말을 걸어오는 곳은 물 안이 아니라 나뭇가지 위 꽃이었다. 볼 붉은 연약한 꽃이 나를 향해 배시시 웃었다.

이 익숙함은… 뭐지? 내가 이곳에서 만나는 다섯 번째의 익숙함이었다. 마음을 기울이면 기울일수록 이곳은, 지금의 내가 되기 이전의 모습으로 되돌렸다. 선배와 유미는 보이지 않았지만, 그들 역시 조각조각의 익숙함을 찾아 퍼즐 판을 맞춰나갈 것이다.

선배가 그토록 추측해 보던 전생이란, 선배에게 무엇이었을까. 까보면 까볼수록 꼬여있는 끝없는 고통의 새끼줄? 아니면 또 다른 윤회를 향한 희망의 줄일까. 저항처럼, 항거처럼 허공을 오가던 날갯죽지 상한 새가 퍼덕퍼덕 원형의 뚜껑 아래에서…, 발목에 무거운 쇠사슬을 걸고 울렁거리는 고무 땅을 한없이 돌고 있었다.

나는 하룻밤의 계획을 이틀로 수정했다. 노상의 밤은 생지옥이었지만, 나는 그 지옥의 시간을 늘리고 있었다. 못가에는 얼지 않은 수면 위에 달빛이 일렁거렸다. 나는 연못과 폐가를 번갈아 보았다.

어찌 눈에 보이는 것만이 전부이겠는가. 밤늦도록 자식을 기다렸을지도 모를 아버지 어머니가 삐거덕삐거덕 대문 소리를 냈다. 애호박과 풋고추를 송송 썰어 넣은 된장찌개 냄새가 담장 밖을 넘었다. 길고 짧은 시간들이 담장을 허물고 담쟁이마저 걷어버리고 어디로 사라졌을까.

'너는 뼈아픈데 나는 고요하기만 했겠니?' 누군가가 질문처럼 말을 흘렸다. 나는 그리운 아버지 어머니, 고모들을 향해 '미안해 그리고 고마워.'라고 중얼거렸다. '너무 자책하지 말거라. 우리도 그러했으니, 너도 그러한 것이란다.' 나는 모호한 경계에 주저앉아 나보다 더 고통을 맛본 이들과 조우하며 비대해진 상처를 찾아 곳곳에 연고를 바르고 있었다.

텐트 옆에서 누군가의 기척이 느껴졌다. 깜짝 놀라 기절초풍하는 줄 알았다. 산짐승인가? 나는 숨을 죽이고 달빛이 비추고 있는 움직이는 것의 정체를 살폈다. 질끈 하나로 묶은 긴 머리카락이 비닐더미 바깥으로 널브러지듯 나와 있었다. 꿈틀거리지 않았다면 시체라고 여겼을 것이다. 나는 여자에게 다가갔다.

"혹시 텐트가 필요하신가요?"

내가 말을 걸며 관심을 보이자 여자는 귀찮다는 듯이 비닐 밖으로 손을 내밀어 저리 가라는 손짓이었다. 도대체 여자는 언제부터 저기에 있었던 거지? 얇은 비닐로 몸을 탱탱 휘감은 여자는 꿈틀꿈틀 돌아누웠다. 여자의 모습은 마치 몸을 차갑게 식혀 혼을 하얗게 여물리는 어떤 행위 같았다.

굴레 안에는 또 다른 굴레들이 들어있었다. 그 수없이 둘러지고 둘러진 굴레들은 어쩌면 우리의 몫이 아닐지도 모른다. 그저 멀찌감치 물러서서 바라보아야 할 것들을 너무 가까이서 보려 하지는 않았을지.

먼 거리에서 '아름답다.'라고만 바라봐야 할 것들을 우리는 어쩜 너무 가까이에 당겨놓은 듯했다. 힘겨운 현실에서의 자기 왜곡 같은, 돋보기를 들이댔을 때처럼 그 안은 몹시도 비틀리고 구부러져 있었다.

선배와 유미와 나는 진실과 다른, 자기화의 방향에 따라 변질된 곳에 앉아있었을지도 모른다. 암시에 걸리기 쉬웠을 우리의 지각, 기억, 사고, 감정이라는 것은 매우 위험했다. 최면에 걸려 줄줄이 딸려 나오는 이야기에는 선후가 없었다. 흐릿하고, 단면적이었다.

찬바람이 씽씽 부는데도 불구하고 '이곳은 따뜻하다.'라고, 거울 앞에서 톡톡 볼 터치나 해볼까. '너는 할 수 있어!'라는 마인드 컨트롤로 쿨 가이의 하루를 시작해 보면 또 어떨까? 선배! 그리고 유미야! 아직도 가수면 상태인 거니? 프레임 안에 갇혀 꼼짝할 수 없었던 나는 서서히 최면에서 깨어나고 있었다.